COLLECTION FOLIO

Paul Guimard

L'ironie
du sort

Denoël

© *Éditions Denoël*, 1961.

Tapi sous un porche, Antoine va presser la gâchette au passage de l'homme qu'il doit abattre. S'il la presse... Et s'il ne la presse pas ? La vie et la mort de l'homme sont suspendues à ce geste. Mais aussi la vie et la mort d'Antoine. Et la vie ou la mort de bien d'autres, leur honneur et leur bonheur, leur sort en un mot.

A chaque instant notre destin passe par un point d'aiguillage et il y a une infinité de combinaisons possibles.

L'auteur de Rue du Havre, *avec beaucoup de tendresse et d'ironie, joue pour ses personnages non pas aux vies imaginaires mais aux vies possibles. La vie n'est pas un roman ; c'est un romancier qui ébauche vingt sujets et n'en retient qu'un.*

Heureusement qu'il se trouve un Paul Guimard pour corriger cette prodigalité. L'ironie du sort *est un chef-d'œuvre de virtuosité, d'humour et d'humanité.*

Paul Guimard est né en 1921 à Saint-Mars-la-Jaille (Loire-Atlantique). Il fait ses études à Nantes et devient journaliste à *L'Ouest-Éclair*. Après la Libération, il fait jouer une pièce, *Septième ciel*, au théâtre de l'Humour, puis il entre au Journal parlé de la radio où il dirige pendant quatre ans les débats de l'émission « La tribune de Paris ». Il débute dans le roman avec *Les faux frères* (Prix de l'Humour, 1956). Le Prix Interallié a couronné le second, *Rue du Havre*, en 1957. Puis il écrit, en collaboration avec Antoine Blondin, une comédie, *Un garçon d'honneur*, créée au théâtre Marigny en 1960. Épris de navigation, il a fait plusieurs fois le tour du monde. Son roman *Les choses de la vie* a obtenu le Prix des Libraires 1968 et le film qu'il a inspiré a reçu le Prix Delluc 1970.

A Leo et Madeleine.

PREMIÈRE PARTIE

> *On est ce qu'on peut mais on sent ce qu'on est.*
>
> Stendhal.

CHAPITRE I

Dans le noir, le bruit ne se propage pas en ligne droite, il décrit des méandres inutiles et retors, l'oreille qui le guette n'en reçoit qu'un fantôme, une apparence défigurée par tous les échos éveillés au passage. Comme les boules d'un billard les bruits nocturnes procèdent par effets, sans qu'on puisse en localiser la source et la peur contribue à brouiller la piste.

Antoine a-t-il peur ? Embusqué dans le creux d'une porte cochère, il écoute les bruits de la ville endormie. Endormie ? Antoine imagine plutôt que chaque habitant bouclé chez lui par le couvre-feu veille et guette comme lui-même, dans sa porte cochère, veille et guette la rumeur de Nantes qui fait semblant de dormir, toutes lumières occultées mais non pas éteintes. L'obscurité concertée des villes en guerre plonge les rues dans une nuit caricaturale; franchissant les portes closes, les bruits du dedans peuplent, sans réciprocité, le désert des trottoirs; les volets sont fermés pour garder la clarté, non plus pour s'en protéger. La défense passive a trouvé le mot qui convenait à ce phénomène de coagulation de la vie : des îlots. Chaque seuil est une frontière, chaque maison un refuge isolé dans le vide et les rues et les places qui s'endormaient jadis dans la tendresse de la nuit se recouvrent d'un linceul de ténèbres.

Antoine a peur. Il écoute les voix confuses de cette ville repliée sur elle-même dont il est retranché. La cathédrale a sonné onze heures, un camion allemand roule sur les quais de l'Erdre, le vent de suroît file au ras des pavés avec des langueurs qui annoncent l'automne, les marronniers du cours Saint-Pierre entrechoquent leurs feuilles déjà rousses, un nourrisson braille quelque part dans un étage élevé; plus loin, de l'autre côté de la rue, un poste de radio diffuse une valse. Une valse? Un air, des notes qui se mélangent et se confondent en une symphonie pour violon, camion, nouveau-né, vent de suroît, marronnier, cathédrale...

Antoine attend que se détache sur ce fond sonore le bruit qui le tient aux aguets, l'entrée du soliste dans le concerto, le bruit de bottes net et définitif qui naîtra de l'autre côté de la place Louis-XVI en direction de la Kommandantur, contournera l'angle de la rue, se rapprochera jusqu'à cette porte cochère...

Le Webley à six coups est une belle arme. Il tire moins vite que le Colt mais plus loin, plus juste et le barillet n'a pas les caprices de l'automatique. L'avantage du Colt tient dans son énorme balle qui culbute l'adversaire, même si la blessure est insignifiante, sans lui laisser le temps de riposter. Mais Antoine doit tuer à coup sûr; pour cela le Webley est incomparable, ses balles d'acier (calibre 9) peuvent traverser trois hommes et les hémorragies internes ne pardonnent pas. La dureté de la gâchette, l'effort qu'elle impose à l'index risquent de disperser le tir d'un débutant mais Antoine connaît les corrections nécessaires. Son dernier entraînement sur silhouette approchait de la perfection : les six balles en moins de trois secondes, les six points d'impact groupés dans un polygone à peine plus grand que la surface d'une carte postale. Même en tenant compte de l'obscurité, de la peur, l'échec est statistiquement improbable.

Pour la seconde fois la cathédrale sonne onze heures. Avec un léger décalage, une autre horloge joue à l'écho. Ses notes que la distance rend grêles semblent à Antoine étonnamment proches, sans doute parce que, pendant six ans, elles ont scandé les heures essentielles de son adolescence. L'horloge du collège Saint-Stanislas a toujours sonné avec un certain retard sur l'heure de la cathédrale, comme pour souligner la hiérarchie qui fait de celle-ci la maîtresse de celle-là. Les préséances s'expriment par ces menus détails. Le collège se doit de ne pas précéder l'évêché dont il dépend.

Entre Saint-Stanislas et la porte cochère, la distance est moins grande dans l'espace que dans le temps, huit cents mètres à vol d'oiseau, mais hors de portée du souvenir. De ce côté-ci un adolescent très vieux, comme savent en fabriquer les guerres. De l'autre, un garçon doué qui « pouvait mieux faire », plein d'élans et de velléités, mal assuré dans ses projets, faiseur de phrases, cœur de héros, tête incertaine, craignant le péché moins que le châtiment. Entre les deux, il a coulé de l'eau sous les ponts de cette Erdre qui sépare le collège Saint-Stanislas de la porte cochère devant laquelle un homme va mourir. Huit cents mètres et trois ans de guerre, telles sont les dimensions du fossé creusé entre l'élève moyen qui « pouvait mieux faire » et le tueur de vingt ans qui assure dans sa main moite la crosse de bois du Webley.

Debout dans les ténèbres, Antoine s'efforce de

15

prévoir ce qui peut le trahir. Tous ceux qui ont pratiqué l'affût nocturne connaissent ce sentiment absurde que leur corps projette sa silhouette vaguement luminescente, semblable au négatif d'une ombre. Antoine, inconsciemment, s'écrase contre la muraille dans la crainte que le gibier n'évente le piège en déchiffrant sur le trottoir l'empreinte du chasseur. Alors le bruit de bottes s'arrêterait brusquement...

Sottises ! Tout est prévu. Aussitôt qu'il aura tiré, Antoine traversera la place de la cathédrale. Il se trouvera en terrain découvert mais il est improbable que l'alerte fasse surgir des témoins avant plusieurs dizaines de secondes. C'est le temps qu'il faut pour franchir la grille des jardins de l'évêché, pour ressortir du côté du château des ducs de Bretagne, pour se perdre dans les ruelles jusqu'à la porte que Jean aura laissée ouverte. Trois minutes après le premier coup de feu, le revolver sera au fond des douves du château et Antoine à l'abri. Les perquisitions, s'il y en a, éveilleront un jeune homme ahuri qui fournira des papiers en règle et singulièrement le certificat le dispensant du S. T. O. pour cause de faiblesse cardiaque. Tout est prévu de ce qui est prévisible. Le reste dépend de ce hasard qu'Antoine appelait Providence lorsqu'il traduisait l'*Énéide* au collège Saint-Stanislas.

À onze heures du soir, au mois de septembre, à Nantes, il fait un temps à flâner, à parler d'amour au creux des portes cochères, un temps qui déconseille la violence. Mais c'est la guerre.

Antoine s'efforce de ne pas penser à celui qu'il va tuer. Il ne connaît pas son visage. Un lieutenant Werner, appartenant au quartier général de l'Oberbefehlshaber West, doit être abattu. Tels sont les ordres envoyés de Paris sans commentaire. Le réseau a organisé l'attentat scientifiquement en laissant jusqu'au bout Antoine en dehors du coup. Il a passé ces huit derniers jours dans son village natal de Saint-Sère-la-Barre et n'a regagné Nantes qu'en fin de soirée. Ce n'est pas un alibi mais une présomption d'innocence; on n'improvise pas une action de ce genre et chacun, à Saint-Sère-la-Barre, pourra témoigner en cas de besoin que le fils Desvrières n'est pas un terroriste, attendu qu'il passe son temps à jouer à la belote au café Blanchard où le patron serait plutôt « pétiniste » que de l'autre bord.

Il était préférable qu'Antoine ne participât pas aux filatures poursuivies pendant plus d'une semaine pour établir que le lieutenant quitte son bureau à onze heures, qu'il suit invariablement le même chemin, sur le même trottoir, toujours seul. On ne lui demande qu'une chose : tirer.

Antoine apprécie cette ignorance dans laquelle on l'a tenu. Il ne guette pas un être humain mais un ennemi anonyme. S'il se garde d'imaginer un visage, une démarche, une attitude, il tirera sur une cible et, avec un peu de chance, il n'aura pas de souvenirs.

★

Dans sa chambre de la rue Monselet, Marie-Anne a entendu sonner onze heures. Elle ne peut se retenir de tendre l'oreille, comme si la détonation d'un Webley allait voler au-dessus des toits, traverser la moitié de la ville pour parvenir jusqu'à cette chambre insupportablement calme.

Marie-Anne n'entendra rien. Elle ne saura rien

17

jusqu'au lendemain matin ; à la limite du couvre-feu Jean a promis de glisser dans la boîte aux lettres un billet qui mettra fin à cette attente affreuse.

Pendant toute la nuit Antoine va être une virtualité à mi-chemin de la vie et de la mort et elle ne saura rien. Il a refusé qu'elle l'attende dans la chambre près du château. Cette chambre fait partie de l'univers multiple et confus qui s'appelle la Résistance et auquel Marie-Anne n'a pas accès.

A cet instant l'homme est-il mort et Antoine sauf ? Ou le contraire ? Ou rien n'est-il encore accompli ?

Marie-Anne connaît à présent le visage de l'injustice. La mort qui menace Antoine la menace aussi mais on lui a refusé le droit de la regarder en face. Si Antoine meurt, Marie-Anne ne survivra pas. Lorsqu'ils se sont arrachés l'un de l'autre, elle a dit :

« Je t'aime, je t'aimerai toujours, je n'aimerai que toi. » Et la voici dans sa chambre obscure, guettant absurdement des bruits qu'elle n'entendra pas, exclue d'une action dont son sort dépend. Cette nuit sera la plus longue de sa vie.

Pour la seconde fois, la pendulette de chevet sonne onze heures. Dans la rue Monselet, le silence est absolu. Au temps de la grande circulation d'avant-guerre, c'était déjà un quartier tranquille.

*

Sur la place Louis-XVI, devant la Kommandantur, le Feldgendarme Helmut Eidemann se bat avec le carburateur de sa traction avant. Cette voiture réquisitionnée est son cauchemar. Helmut n'est pas éloigné de croire que des espions juifs et francs-maçons sabotent chaque jour le moteur pour l'empêcher de démarrer au

18

moment voulu, c'est-à-dire régulièrement à l'heure de la patrouille. Comme de bien entendu, toutes les pannes retombent sur son dos, à lui, Helmut Eidemann, qui était cité comme un modèle de conscience et de sérieux dans son petit village de Poméranie, et que ses supérieurs tiennent pour un fumiste et un tire-au-cul parce que la voiture dont il est le chauffeur reste en panne un jour sur deux, à l'heure de la patrouille de nuit.

Helmut referme le capot sans illusion sur l'efficacité de ses tripotages. Il se redresse juste à temps pour claquer des talons devant le lieutenant du Q.G. de l'O.B. West qui sort de la Kommandantur comme chaque soir à la même heure.

Si la voiture ne démarre pas, la patrouille aura du retard. Il faudra faire un rapport, encore un ! Cela finira un jour ou l'autre par des sanctions et peut-être par un transfert sur le front de l'Est. Du côté de l'Ukraine, le métier de Feldgendarme n'est pas rose mais, du moins, il n'y a pas de traction avant.

Le lieutenant a tourné le coin de la place. Helmut s'installe au volant. Il s'accorde quelques secondes de grâce avant de tirer le bouton du démarreur avec la hantise d'entendre des crachotements foireux au lieu de cet honnête vrombissement que font les automobiles de Poméranie.

Aussi longtemps que le contact n'est pas mis, il y a de l'espoir.

*

Le lieutenant Werner de Rompsay a quitté la place Louis-XVI. Il aime cette marche solitaire dans la douceur du soir, après les heures de bureau. La ville est un fantastique décor qu'on a vidé de tous ses figurants pour que lui, Werner de Rompsay, puisse en jouir à l'aise. La guerre, lorsqu'elle est victorieuse, a de ces galanteries. Il a besoin de cette détente pour remettre ses idées en place. Le lieutenant de Rompsay est un remarquable travailleur ; la précision de ses rapports est légendaire à l'O.B. West ; le feld-maréchal von Rundstedt les lit parfois personnellement par plaisir, parce qu'il y retrouve la clarté, la précision du style, l'élégance invisible de la langue qu'on enseignait aux officiers de sa génération avant que les hiérarchies de l'armée ne fussent envahies par les créatures du caporal bohémien[1].

Le lieutenant de Rompsay n'apporte à son métier aucune passion mais il a le goût du travail bien fait, un sens cartésien de la méthode, héritage que lui léguèrent ses ancêtres, en émigrant de l'autre côté du Rhin plutôt que de trahir la religion réformée après l'écrasement de La Rochelle par les troupes du roi de France. Werner a souvent songé à ce long détour de l'Histoire qui commence avec la révocation de l'Édit de Nantes, pour conduire un lieutenant baron de Rompsay dans cette même ville, sous un uniforme ennemi. En déchiffrant les papiers de famille, il s'est imaginé sous la cuirasse des Huguenots, guettant du haut de la tour de la Lanterne, dans La Rochelle exsangue, le débarquement anglais promis par Buckingham. A l'heure qu'il est une branche des Rompsay — des apostats disait son père — continue à pousser des racines dans le manoir proche de Saint-Jean-d'Angély, le berceau de la famille. Werner a d'abord songé à leur rendre visite. Un scrupule l'a retenu. Il y a tout lieu de penser que les

1. Von Rundstedt appelait ainsi Hitler. (*N.d.A.*)

Rompsay de Saint-Jean-d'Angély recevraient sans plaisir le Rompsay de Wiesbaden. Sans doute se réunissent-ils le soir dans une pièce retirée pour écouter un général d'aventure leur promettre un autre débarquement anglais que Werner est précisément chargé de prévoir et, si possible, de prévenir. A La Rochelle, un Allemand, le maréchal de Schomberg, commandait les troupes du roi de France engagées contre les Rompsay et leurs amis anglais. En ce temps-là déjà l'Histoire se complaisait dans le paradoxe.

Werner se sent trop complètement et profondément allemand pour que ses lointaines origines et son nom lui posent des cas de conscience. Ses chefs l'ont chargé d'une tâche à laquelle il apporte les ressources d'une intelligence brillante, aussi éloignée du fanatisme que de la négligence.

Au vrai, l'écheveau des mouvements français de résistance que Werner s'efforce de débrouiller est une incroyable confusion. L'illogisme et l'improvisation, ces deux défauts de la race, sont les deux atouts maîtres des résistants que leurs actions désordonnées mettent à l'abri d'une répression systématique. Werner qui est sur la piste du réseau « Cornouailles » s'apprête à faire tendre des filets où tomberaient infailliblement des terroristes allemands, c'est-à-dire des êtres cohérents et organisés. Mais comment pêcher un poisson fou ?

A l'inverse de von Rundstedt, les services de la Gestapo n'apprécient pas le lieutenant de Rompsay qui se fait appeler lieutenant Werner, moins sans doute pour les motifs classiques de sécurité que pour faire oublier des origines suspectes. Dans l'entourage d'Heinrich Himmler on n'aime guère le détachement aristocratique des officiers de l'ancienne école.

Dans la douce nuit de septembre, Werner sourit à la pensée que les méfiances de ses collègues de la Gestapo sont partiellement justifiées. Au fond de lui-même, il se moque que le réseau Cornouailles soit ou ne soit pas décimé. Le contre-espionnage est une manière comme une autre de jouer au Kriegspiel. Werner donne quotidiennement au Reich douze heures d'un travail irréprochable mais, le soir, en quittant la Kommandantur longtemps après l'heure réglementaire, il oublie volontiers la guerre, les dossiers, le terrorisme, pour se consacrer à ce qu'il aime et d'abord à Micheline, sa petite maîtresse française qui l'attend, à cette heure, en déshabillé de fibrane, devant un souper-dînette qu'ils interrompent sans doute pour d'autres jeux.

Werner évite de s'interroger sur Micheline. Cette bonniche de dix-neuf ans joue-t-elle la comédie ? Une chose est certaine : il a découvert une certaine forme du bonheur des corps. A chaque jour suffit sa joie. Werner accepte d'être aimé pour sa solde et pour ses tickets d'alimentation. Au reste, il n'est pas question d'amour ; l'amour attend Werner quelque part du côté de Wiesbaden, un amour raisonnable qui ne concédera qu'une petite marge à l'aventure. Micheline restera comme une oasis imprévue née d'une situation insolite.

Les routes de Micheline Trompier et de Werner de Rompsay n'avaient pas de raison de se croiser. Mais c'est la guerre.

*

De son poste de guet, Antoine a entendu le bruit de bottes, d'abord confondu dans les rumeurs nocturnes, s'enfler jusqu'à occuper tout l'espace sonore ; en même temps il a reçu le signal par lequel on l'avertit que cet homme est bien celui qu'il faut abattre : deux cris de chouette comme jadis, dans les embuscades de M. de Charette. La résistance a toujours fait partie du folklore local.

Dès lors, l'univers se résume au rythme nonchalant de ces pas qui s'approchent. Quelques dizaines de mètres séparent la victime de son bourreau. Ici le vocabulaire tombe sous la dépendance de la dialectique. Le mot oscille entre des sens contraires. Le bourreau est le justicier, la victime est le bourreau selon le camp du récitant ; l'épithète est une option. Qui sera la victime et qui le bourreau ? Rien n'est encore dit. Quelques dizaines de mètres séparent Antoine Desvrières de Werner de Rompsay.

Le chien du Webley est armé au-dessus de la première balle. Antoine constate qu'il ne tremble pas. Il sait qu'il va tirer ses six coups comme à l'exercice. Helmut hésite toujours à tendre la main vers son démarreur. Werner songe vaguement à Micheline, à son corps de soie. Marie-Anne pleure.

Les protagonistes sont chacun à sa place. A la seconde précise où l'index d'Antoine pressera la détente, l'histoire commencera.

*

Dans la nuit de septembre, au-dessus de la ville en guerre, flottent des cortèges de mots encore immatériels mais aussi réels que ces ondes de valse dont l'existence, en tant que valse, dépend d'un poste de radio, au troisième étage de cette rue où un homme est à quelques pas de sa mort. Ces mots existent depuis la création du monde ; ils ont beaucoup servi : « sacrifice suprême... mourir pour la patrie... nation reconnaissante... tombé au champ d'honneur... le meilleur de nos fils... pour que vive la France, ou l'Allemagne, ou... » Ces grands mots fatigués attendent de se poser. Il leur faut pour cela deux choses : une bouche pour être prononcés, un nom propre auquel être accolés. Le coucou n'est pas difficile sur le choix de son nid, les grands mots, de même, ne choisissent pas leur homme, le premier venu fait l'affaire, mais il leur faut une tête sur quoi se fixer sous peine d'errer indéfiniment dans ces limbes où sont les velléités. Tel est aussi le destin de la plaque de marbre sortie de sa carrière obscure ; lors même qu'elle est polie et mise en forme, elle reste vaine tant qu'elle n'a pas reçu, dans le creux de son grain, les profondes lettres d'or d'un nom qui donne un sens à la pierre en faisant d'elle un symbole pour les prières et un pense-bête pour les souvenirs. Quantité de plaques de marbre rangées comme des livres aux portes des cimetières, quantité de grands mots aussi commencent par une sorte de purgatoire avant de vivre leur vie de dalles et de mots.

En ce soir du 11 septembre 1943 à Nantes, il s'en faut de quelques mètres, de quelques pas, qu'une plaque hérite d'un nom et qu'une volée de mots s'abatte sur un corps refroidi. Il s'en faut de la pression d'un doigt sur une gâchette. Le moment n'est pas encore venu. Le destin a le temps.

CHAPITRE II

Antoine étouffa malaisément une toux de gorge. Pour venir de Saint-Sère-la-Barre à Nantes, au long des cinquante kilomètres d'une mauvaise route, caché sous la bâche d'un camion de ravitaillement, il avait dû supporter les émanations pesteuses d'un gazogène bricolé par un mécanicien approximatif; sa position eût été à peine plus confortable dans un des trains surchargés des lignes départementales et ce voyage clandestin ménageait la possibilité d'un alibi. Personne, à Saint-Sère-la-Barre, n'avait vu partir Antoine et ce même camion, le lendemain matin, devait le reconduire discrètement au village. Des années de vie dangereuse avaient démontré l'efficacité des ruses simples. On prend toujours trop de précautions, mais rarement les bonnes.

Il pleuvait lorsque le camion freina rue Mercœur, devant la porte d'Antoine, un de ces grains venus du golfe de Gascogne, qui remontent comme par erreur l'estuaire de la Loire mais qui, loin dans les terres, restent encore marins et crèvent sur la ville ainsi que sur un navire.

Antoine profita de la pluie qui faisait rentrer les têtes dans les cols pour passer du camion chez lui, le visage

25

enfoui dans son manteau. A travers le pare-brise mouillé, il vit le geste du conducteur qui disait « à demain ».

Antoine renvoya le même geste par réflexe plus que par conviction. Il ne pouvait concevoir « demain », c'était une notion floue, lointaine et vague, entièrement obscurcie par ce présent qu'il fallait affronter.

Le camion effacé par la pluie, Antoine ouvrit sa porte avec les précautions apprises jadis à l'occasion d'escapades de collégien. A cinq heures, chaque jour, M. Desvrières corrigeait les copies de ses élèves dans la salle à manger dont la grande table convenait au classement des cahiers. A cette époque de l'année, il en était aux devoirs de vacances. A travers les rideaux de voile de la double porte vitrée, Antoine déchiffra la silhouette penchée de son père. Il avait résolu de n'aller l'embrasser qu'au moment de repartir. M. Desvrières l'avait sans doute entendu entrer mais le premier article de la convention tacitement adoptée par les deux hommes pour la conduite de leur vie quotidienne était la discrétion, assez piteux ersatz de la confiance morte.

La chambre sentait le renfermé. Antoine n'y passait que le temps de courtes haltes afin que son père ne risquât pas d'être impliqué dans les hasards de l'action clandestine. Cet abandon ne se traduisait ni par un désordre, ni par des dégradations — la pièce était « faite » chaque jour scrupuleusement — mais par cette sorte de poussière qu'est la mélancolie. Les livres sur les étagères, les gravures aux murs, les disques près du phono parlaient d'un adolescent disparu. Antoine y reconnaissait son image ancienne mais il n'y trouvait rien qui pût rattacher ce fantôme au jeune homme qu'il était devenu. Il ne lit plus *Les Enfants de la chance* de Kessel, il n'écoute plus les slows de Charlie Kunz, les danseuses de Degas ne le font plus rêver. La chambre n'a pas vieilli avec lui et, de toute la force de son inertie, elle s'obstine à lui envoyer de vains messages. Il y a des Pompéi partout et l'absence, mieux que le Vésuve, excelle à recouvrir toutes choses de sa cendre glacée, à transformer les sentiments en souvenirs et les objets en reliques. Assis sur son lit, Antoine laisse son regard glisser à la surface de ce musée. Il remet dans sa poche le paquet de cigarettes qu'il vient, la minute précédente, de poser machinalement sur la table de nuit, comme on fait en rentrant chez soi. Antoine n'est pas chez lui; il est venu chercher un imperméable sombre et des chaussures à semelles silencieuses, l'uniforme du tueur. Antoine n'est plus chez lui nulle part. Même dans les bras de Marie-Anne, il n'est jamais que de passage. Marie-Anne... Ce n'est pas le moment de penser à elle.

Cinq heures dix... Le temps se traîne et se fige. Sur du pavé mouillé, pas de semelles crêpe mais sur un sol sec, le cuir claque trop fort. Il faudra courir vite et sans bruit. La pluie a cessé. On voit du bleu tendre à travers les déchirures des nuages. La nuit sera claire, trop claire, à moins qu'un nouveau grain... Des chaussures de basket peut-être ? La semelle de caoutchouc strié ne risque pas de déraper. Va pour les basket ! A six heures, Jean passera devant la maison avec la camionnette d'*Ouest-Éclair*. Encore trois quarts d'heure. L'imperméable est parfait : gabardine bleue, très souple, un souvenir de Saint-Stanislas. Des gants de peau noirs... rien ne se voit autant que des mains dans la nuit. Encore trois quarts d'heure ! Surtout ne pas se mettre à penser à tort et à travers, se méfier de la diarrhée mentale, signe précurseur de la peur physique.

Pour ne pas regarder sans cesse sa montre, Antoine feuillette *Les Enfants de la chance*. « A Antoine, en attendant le jour où nous vivrons dangereusement. » Marie-Anne avait écrit cette phrase naïve sur la page de garde de l'histoire romantique et violente dont elle avait fait un bréviaire à la mesure de sa jeunesse. Depuis trois ans, Antoine vit dangereusement mais seul. Il a laissé Marie-Anne au port lorsqu'il s'est embarqué dans les aventures de la lutte secrète. Les personnages de Kessel étaient possédés par la fureur de vivre ; ils cherchaient dans la folie gratuite le sens de leur destin. C'est la distraction classique des après-guerre. Antoine referme le livre où Marie-Anne et lui ont trouvé leurs mots de passe jadis, il y a très longtemps, il y a trois ans, lorsque l' « aventure » consistait à rouler trop vite en voiture, à boire trop d'alcool dans de fausses boîtes russes et à rentrer chez soi sans éveiller les parents.

Dans dix minutes Antoine dira au revoir à son père.

*

— Tu repars tout de suite ? dit M. Desvrières.

L'interrogation était de pure forme et n'imposait pas de réponse.

— Assieds-toi tout de même une seconde. Quoi de neuf ?

M. Desvrières referma le cahier après avoir posé un buvard soigneux sur une observation écrite à l'encre rouge. Encore une fois, la question n'appelait en réponse qu'un geste vague. Antoine s'empressa de le faire et pour éviter la gêne d'un silence, il transmit à son père les salutations, en partie imaginaires, des amis de Saint-Sère-la-Barre.

M. Desvrières affectait de trouver normal que son fils accomplît d'aussi fréquentes retraites dans un petit bourg vendéen dont les séductions étaient minces.

— Tu es allé voir la vigne ?

Non, Antoine n'était pas allé voir la vigne, espoir et souci permanents de son père. Un hectare de bonne pierraille, à flanc de coteau, moitié noah, moitié gros-plant... « Normalement, disait M. Desvrières, normalement on devrait faire une quinzaine de barriques »... Mais le vigneron qui exploitait le domaine « à moitié [1] » fournissait, bon an, mal an, de catastrophiques bilans. Les fléaux qui s'abattaient sur les grappes croissaient à proportion de l'espacement des visites du propriétaire. Lors même que les vendanges s'annonçaient prometteuses, de mystérieux parasites ou de désastreux soutirages réduisaient la part de M. Desvrières à peu de chose. Ce peu, soustrait à la mainmise des contrôleurs du ravitaillement, servait de monnaie d'échange en ce temps déraisonnable où la vigne produisait du beurre, où le beurre se changeait en essence, l'essence en tabac, le tabac en tissu et ainsi de suite.

— Ce n'est pas grave, dit M. Desvrières, de toute façon il faut que j'aille à Saint-Sère-la-Barre la semaine prochaine.

Antoine ne sut pas retenir à temps le « pourquoi » maladroit qu'une seconde de réflexion eût évité.

— Tu sais bien que c'est l'anniversaire de la mort de

---

1. Type de contrat usuel aux termes duquel l'ouvrier conserve la moitié de la récolte pour prix de son travail.

ta mère. J'avais pensé que nous irions ensemble au cimetière, mais naturellement, si tu ne peux pas...

La désapprobation restait inexprimée mais la peine pointait sous la neutralité du ton.

Dans son cadre d'argent, sur le buffet, une très jeune femme souriait. La photographie rendait assez bien compte de la grâce du visage, de la clarté du regard et même des nuances dorées d'une chevelure ramassée en un chignon si lourd qu'il semblait faire ployer le cou blanc. Antoine ne savait d'elle que ce qu'en racontait M. Desvrières, peu de choses, toujours les mêmes : ta mère était si jolie... ta mère était une sainte... lorsque j'ai perdu ta mère...

Réduite à ces pauvres clichés, la jeune morte n'avait cependant pas cessé d'être présente entre les deux hommes. « As-tu dit bonsoir à ta maman ? » disait M. Desvrières lorsque son fils était petit et Antoine posait ses lèvres sur la vitre du portrait en priant cette maman si belle et si bonne de veiller sur lui du haut d'un ciel dont elle était le plus délicieux ornement. Plus tard et par d'autres signes, Antoine continua le dialogue avec sa mère ; un vase qu'elle avait acheté pendant son voyage de noces, un gant retrouvé au fond d'un tiroir, mille souvenirs embusqués aux détours de la vie quotidienne concouraient à la survie de cette ombre légère. Puis Antoine s'avisa qu'il marchait à la rencontre de sa mère immobile ; littéralement il se rapprochait d'elle. Un jour, il eut l'âge auquel elle noua une amitié tendre avec le professeur Desvrières ; il eut les dix-huit ans de la jeune fiancée de Saint-Sère-la-Barre, les vingt ans, enfin, de la morte souriante. Antoine refusait instinctivement l'idée du cimetière où s'était dissoute cette mère qu'il chérissait d'autant plus qu'elle avait le même âge que lui.

— J'espère pouvoir t'accompagner, dit-il, je serai peut-être là-bas en même temps que toi.

— Je te trouve mauvaise mine, dit M. Desvrières, tu devrais faire attention.

Attention à quoi ? Toujours ces formules vagues et creuses pour masquer la gêne et pour éviter d'appeler les choses par leur nom. Attention de ne pas prendre froid ? de ne pas tuer les lieutenants allemands en période d'armistice ? de ne pas se coucher trop tard ?

— Naturellement, je ne cherche pas à me mêler de tes affaires, tu es assez grand...

Pourquoi fallait-il que le mouvement qui rapprochait Antoine de sa mère morte s'accompagnât d'un mouvement inverse qui l'éloignait de son père vivant ?

La tendresse, la complicité des longues années de vie commune, l'entente parfaite qui avait résisté à l'âge ingrat, à l'échec au bachot, à la première maîtresse, à l'engagement politique, à la guerre, tout cela s'était fondu en une discrétion pesante.

— Tu as lu les nouvelles ? dit M. Desvrières.

Oui, Antoine avait lu les nouvelles.

— Tout est si compliqué ! disait M. Desvrières.

Tout était simple, pour la première fois depuis longtemps : le roi d'Italie et le maréchal Badoglio avaient demandé l'armistice, les Russes avaient repris l'offensive, les Alliés étaient maîtres de l'air, les Américains venaient de débarquer dans la baie de Salerne, le Reich craquait sur tous les fronts. Mais Antoine savait que son père s'en tenait à sa bible, *Le Phare de la Loire*, et que pour lui la vérité se lisait noir sur blanc :

« Le Haut Commandement allemand communique : la bataille dans le bassin du Donetz continue. Elle est caractérisée par des combats acharnés et mouve-

31

mentés. Au sud d'Izioum et dans la région de Karkov de nombreuses attaques ont été repoussées et l'adversaire a subi de lourdes pertes en chars. L'ennemi a également attaqué de nouveau sur plusieurs points du secteur central, notamment dans la région de Konotop, sur la Desna, près de Kirov et à l'ouest de Viazma. Il a été repoussé après de durs combats et a subi de lourdes pertes. Les troupes soviétiques ont perdu hier 87 chars. Des formations anglo-américaines ont effectué de violents bombardements sur quelques localités des territoires occupés de l'Ouest, infligeant des pertes particulièrement sensibles à la population de Paris et de Boulogne-sur-Mer. Les forces de défense aériennes allemandes ont abattu dix appareils ennemis. »

— Soixante-quatre morts et cent trente-quatre blessés, rien que dans le département de la Seine, on ne peut pas appeler ça des Alliés », dit M. Desvrières.

Antoine lisait dans l'esprit de son père les prolongements inexprimés du commentaire : on ne peut pas appeler ça des alliés, comment peut-on être du même camp que ces gens-là qui assassinent nos compatriotes, comment peux-tu obéir aux ordres de généraux félons ? Pas plus tard que ce matin, Lucien Mignoton écrit dans *Le Phare* : « Sans hésiter, les Soviets ont reconnu le " Comité d'Alger " formé enfin en mettant provisoirement une sourdine aux dissentiments et aux rivalités des sieurs de Gaulle et Giraud. » Ne vois-tu pas que toi et tes camarades vous faites le jeu des communistes et des Anglais qui détestent la France ? Pourquoi ne pas écouter le Maréchal ? Quand il nous a dit de tenir à Verdun, nous avons tenu, quand il nous dit aujourd'hui de le suivre, nous le suivons, il s'y connaît en honneur et en patriotisme un peu mieux qu'un de Gaulle ou un Giraud. Nous avons mérité notre défaite. Les Français ne pensaient plus qu'à boire des apéritifs et à aller au cinéma. Il faut songer maintenant au redressement national. Ce n'est pas en frappant dans le dos des combattants allemands que la France se relèvera... Toutes ces phrases, Antoine les avait cent fois entendues, lorsque les deux hommes discutaient encore ensemble sans que leur affection s'en trouvât menacée ! Ce temps-là n'était plus. Chacun gardait pour soi ses pensées. A quoi bon tenter d'expliquer à M. Desvrières que la volte-face italienne et l'emprisonnement de Mussolini, par exemple, étaient des événements plus importants que l'imbécile bombardement de Paris ? Il eût trouvé dans *Le Phare* une réponse toute faite : « Les milieux militaires de Berlin soulignent que par suite de l'occupation de tous les points stratégiques de l'Italie septentrionale et centrale, de toutes les positions clefs de la Grèce et de la côte Dalmate, toutes les brèches ouvertes dans le front européen par la défaillance italienne ont été bouchées de telle sorte que les événements politiques d'Italie n'influent en aucune manière sur la force de défense du front sud continental. »

En face d'arguments aussi péremptoires, de quels poids pesait l'agitation d'une poignée d'excités ? Il fallait être bien rêveur pour penser que pût être brisée la formidable machine de guerre allemande. Au reste, Jacques Doriot venait encore de le proclamer : « Le soldat européen est beaucoup mieux commandé que le soldat rouge, il est le soldat de l'intelligence contre le soldat de la barbarie. »

— Tout est si compliqué, redit M. Desvrières, qu'une chatte n'y retrouverait pas ses petits !

— Je t'ai apporté quelques paquets de cigarettes, dit Antoine, et une livre de beurre.

— Tu es bien gentil, dit M. Desvrières, le rationnement est trop dur, on n'y arrive plus.

Il récita la morne litanie de l'arithmétique alimentaire : 50 grammes de beurre pour les tickets urbains, 2 œufs ticket DP, 250 grammes de confitures ticket DU de la feuille spéciale de denrées diverses de septembre (imprimé en bistre) pour les consommateurs des catégories E, V, J 1-2-3, à l'exclusion de la catégorie P, 150 grammes de mélange se décomposant comme suit : 10 % de café, 25 % de chicorée, 50 % de malt et succédanés...

— Tout le monde sait qu'il faut faire des sacrifices mais ils exagèrent. 50 grammes de beurre ! Enfin tu es bien gentil. Tu es sûr que je peux accepter ?

La question avait deux sens : promets-moi que je ne te prive pas, promets-moi que ce cadeau n'a pas une origine malhonnête. *Le Phare* ne manquait pas de souligner que les maquisards s'attaquaient plus volontiers aux bureaux de tabac qu'aux dépôts d'armes. Le matin même, en lisant que M. Alfred Joubert, épicier en gros, rue Félix-Faure, à Pont-Rousseau, avait été volé de trente-deux kilos de tickets de sucre, M. Desvrières avait déchiffré entre les lignes qu'il fallait voir là l'œuvre de terroristes cherchant à couvrir sous les plis du drapeau tricolore des actes de gangstérisme pur et simple.

— Le beurre, c'est Louis Robert, pour te remercier de la bonbonne de vin de l'année dernière, les cigarettes sont à moi, dit Antoine.

M. Desvrières accueillit ces précisions avec soulagement. Ils parlèrent de Saint-Sère, des amis, de la saison, de tout ce qui ne risquait pas de les séparer. Antoine retrouva un peu de la chaleur ancienne. Ils passèrent quelques instants à s'imaginer qu'ils s'étaient retrouvés. Tout était comme avant, la lumière du soir à travers les doubles rideaux de voile, la plante verte sur la colonne de stuc, les bergères et les marquises de la tapisserie, les cahiers sur la table, la bouteille d'encre rouge et l'odeur surtout, l'odeur de la maison qu'Antoine sentait lui monter à la tête.

— Tu devrais bien rester dîner, dit M. Desvrières timidement. Au moins tu mangerais un peu de ton beurre. Tu n'engraisses pas, tu sais !

Antoine entendit, venant de la rue, les trois coups de klaxon de la camionnette de Jean.

Sur le pas de la porte, il embrassa son père trois fois, comme on fait à Nantes.

— Écoute, dit M. Desvrières, je ne suis pas d'accord avec ce que tu penses, mais si tu as besoin de moi un jour, je serai toujours là.

*

— Je me résume, dit Jean. Je te conduis dans une chambre près du château. C'est un endroit sûr. Tu trouveras sous le matelas le Webley et les balles. Quatre minutes avant le couvre-feu tu rejoindras ton poste. La porte cochère sera ouverte. Tu te planqueras dans le couloir jusqu'à onze heures moins cinq. Puis tu prendras l'affût. En principe, le lieutenant Werner passera devant toi une ou deux minutes après onze heures. Tout de suite après, tu files à la chambre. Je passerai t'y prendre demain matin à sept heures, je t'emmènerai au camion. A neuf heures tu seras à Saint-Sère.

— Ne sois pas nerveux, dit Antoine, tout ira bien.

— Je trouve idiot que tu aies été volontaire pour cette mission, dit Jean, ce n'est pas ton boulot. Je ne suis pas nerveux, mais je n'aime pas cette histoire.

A travers la vitre arrière de la camionnette, Antoine voyait le paysage reculer, s'enfuir et cette perspective anormale lui donnait l'impression diffuse d'un de ces glissements dans l'abîme qu'on ressent dans les mauvais rêves. Il se retourna vers la nuque de Jean et s'attendrit d'y retrouver la cicatrice faite jadis au cours de l'attaque trop réaliste d'une diligence par les Indiens Séminoles.

— La vérité, dit Antoine, c'est que tu es furieux de ne pas rester avec moi.

A Saint-Sère-la-Barre, on disait déjà « les deux copains ». Au collège, puis dans la Résistance, ils avaient continué de cheminer côte à côte.

— J'y ai pensé, dit Jean, le réseau a refusé. Ils ne veulent pas griller *L'Ouest-Éclair*.

La couverture d'un journal officiellement « collabo », une voiture, de l'essence, des ausweis faisaient de Jean un agent de liaison irremplaçable.

— Ta vraie nature, dit Antoine, c'est le sadisme. Tu voudrais bien, toi aussi, assassiner lâchement.

La camionnette roulait dans les rues étroites du quartier de la cathédrale. Faute de trouver un ton convenable, à mi-chemin de la gravité et de la plaisanterie, les deux garçons se turent jusqu'au terme de la course, un immeuble médiocre dans une ruelle.

— C'est ici, dit Jean, au premier étage ; ton nom est sur la porte.

Ils s'embrassèrent.

— Tu comprends, dit Jean, c'est lui ou nous. Il est sur nos talons. Si on ne le liquide pas, tout le réseau y passe.

— N'aie pas peur, dit Antoine, tu le reverras ton frère.

— C'est sans doute une connerie, dit Jean, mais je n'ai pas eu le courage de refuser l'adresse à Marie-Anne. Elle t'attend. Je reviendrai la chercher avant le couvre-feu.

★

Une fois de plus, Antoine fut touché de ne recevoir de Marie-Anne ni questions ni plaintes, alors que son comportement d'apparence incohérente eût justifié les unes et les autres. Il disparaissait, revenait, repartait sans préavis, le plus souvent sans pouvoir même décommander les rencontres projetées. Marie-Anne acceptait tout parce qu'Antoine lui avait confié qu'il « faisait de la résistance ». Encore que sans calcul, cette franchise avait été le comble de l'habileté car l'héroïsme est un climat qui rend les filles humbles. Elles ne peuvent faire moins que de pardonner au patriote les trahisons de l'amant, c'est la menue monnaie de l'aventure, l'épuisant et obscur appoint des femmes aux épopées masculines.

— Je t'aime d'être courageuse, dit Antoine.

Et Marie-Anne se trouve payée d'une semaine pleine de troubles et de soucis. Elle avait moins de quinze ans à la veille de la guerre. Elle s'apprêtait à être une jeune fille entourée de garçons à répartir en catégories : camarade, flirt, fiancé, amant ... Elle s'apprêtait à être insouciante, irresponsable, sotte et légère mais ces vertus virginales furent, comme il est d'usage, brûlées par le vent violent de la tragédie et la jeunesse avec elles. Beaucoup d'hommes reviennent des guerres plus jeunes qu'avant, les filles n'ont pas cette chance. Toutes les adolescentes meurent au champ d'honneur. De leurs cendres naissent des femmes de seize ans, pleines de dévouement, de courage, de force et qui ne connaissent jamais ces années brèves, la crème de la vie. Ces mutilées ne reçoivent ni pension ni médaille et pourtant Dieu sait qu'il est moins cruel de perdre un bras ou une jambe qu'une adolescence.

Ils s'étendirent sur le lit et Antoine identifia la bosse dure du Webley sous le matelas. Pour que Marie-Anne de Hauteclaire se trouvât près d'Antoine allongée sur un lit de fortune il n'avait pas fallu moins qu'une guerre. Ils s'étaient connus très jeunes parce que, traditionnellement, les collégiens de Saint-Stanislas allaient à la kermesse annuelle du pensionnat des religieuses de Chavagnes. Sous les frondaisons du parc, Marie-Anne et Antoine avaient noué une amitié enfantine, puis ils s'étaient retrouvés, l'été suivant, par hasard, à La Baule. Jusqu'au bachot, le nom de Saint-Stanislas fut une façade sociale suffisante pour leur permettre de se rencontrer dans les surprises-parties des amis communs mais un jour, le bâtonnier de Hauteclaire s'avisa que sa fille avait mieux à faire que de perdre son temps en la compagnie du fils d'un petit professeur d'établissement privé. Il s'y prit trop tard pour redresser la situation. Marie-Anne était amoureuse d'Antoine et les troupes allemandes venaient d'entrer en Pologne. L'ontogenèse reproduisant la philogenèse, le bâtonnier de Hauteclaire ne sut pas résister à l'envahisseur. Antoine força les portes de l'hôtel particulier de la rue Monselet à la faveur du désordre qui bouleversait l'Europe. Le bâtonnier se flattait de n'avoir perdu qu'une bataille et pensait qu'une fois l'Allemagne vaincue et l'ordre restauré entre les nations et au sein des familles, sa fille reviendrait à une plus saine conception des hiérarchies sociales. C'était méconnaître Hitler et Marie-Anne. Bientôt les Panzer déferlèrent sur la France et Marie-Anne devint la maîtresse d'Antoine le jour même où celui-ci proclama son intention de se replier vers le Sud pour s'engager dans ce qui restait d'armée.

Il n'alla pas très loin. A La Roche-sur-Yon, son engagement fut accepté dans l'aviation. Il lui fut enjoint de gagner au plus vite l'aérodrome pour embarquer, à bord du premier avion disponible, en direction de l'Afrique du Nord. En même temps, une escouade de Sénégalais reçut l'ordre de détruire tous les appareils restant au sol faute de pilotes, afin qu'ils ne tombent pas aux mains de l'ennemi. Par infortune, ce dernier ordre fut exécuté avec une excessive diligence et, en arrivant à l'aérodrome, les aviateurs n'y trouvèrent que des carcasses calcinées. L'officier le plus ancien en grade prit la décision, en face de ce désastre, d'organiser la résistance sur place. On en était à creuser des tranchées autour des hangars fumants lorsque deux motocyclistes portant l'uniforme des S.S. débouchèrent sur le terrain. En quelques phrases cordiales, ils remontrèrent aux aviateurs que le temps n'était pas aux travaux d'irrigation et qu'ils agiraient sagement en ralliant le camp de prisonniers le plus proche. Antoine jeta son uniforme dans un fossé et regagna Nantes par petites étapes.

— Je ne suis pas courageuse, dit Marie-Anne. Laisse-moi t'attendre ici.

Antoine balança un bref instant entre la tentation de céder à cette prière et la crainte d'entraîner Marie-Anne dans un jeu mortel. La crainte l'emporta.

— Si tu meurs, je mourrai aussi, dit Marie-Anne, parce que je ne peux pas vivre sans toi. Laisse-moi rester ici.

Antoine posa sur la bouche tremblante un baiser à peine indiqué. Marie-Anne ne dit plus rien. Dans l'obscurité qui envahissait la chambre, ils restèrent allongés côte à côte, chastes et muets comme des gisants.

Lorsque retentit, dans la rue, le klaxon de la camionnette, Marie-Anne se leva, posément, les yeux secs. En partant, elle dit seulement :

— Je t'aime, je t'aimerai toujours, je n'aimerai que toi.

Antoine fut seul. A l'heure dite, il glissa le Webley dans la poche de son imperméable et se mit en marche vers la porte cochère.

*

Le Feldgendarme de deuxième classe Helmut Eidemann sent la sueur couler à la naissance du bourrelet de cuir de son casque. A deux reprises, il a vainement appuyé sur le démarreur. Déjà, il imagine qu'à la caserne, la patrouille doit commencer à s'impatienter. Ce soir, elle est commandée par le Feldwebel Heiss, la pire peau de vache de toute la Wehrmacht. On ne compte plus les hommes que Heiss a fait passer en conseil de guerre ; à la seule pensée d'avoir à lui annoncer que la voiture est *encore* en panne, Helmut est au bord de la défaillance cardiaque. Il affronterait plus volontiers, tout seul et à mains nues, une demi-douzaine de ces terroristes qui coupent les testicules des pauvres soldats poméraniens.

« N'importe quoi, mon Dieu, mais pas le Feldwebel Heiss. »

Ombre immobile, Antoine entend les pas se rapprocher sur un rythme nonchalant. Il a compté lui-même soixante enjambées à partir du coin de la place Louis-XVI pour arriver jusqu'à la porte de l'embuscade. Ses lèvres articulent silencieusement des nombres comme on en compte pour s'endormir mais à rebours : trente, vingt-neuf, vingt-huit, vingt-sept... Le zéro marquera le point d'intersection de deux existences. Vingt-six, vingt-cinq, vingt-quatre...

Le lieutenant Werner de Rompsay songe qu'il est sensible, plus que de raison, à la douceur de Micheline, à la facilité de la vie, à une certaine bohème qui n'est ni de son âge ni de son rang. Il a été surpris par la rencontre imprévue de la chair fraîche, par le charme d'une aventure qu'il eût connue avec plus de profit quinze ans plus tôt, lorsqu'il étudiait Gœthe à l'Université de Heidelberg. A trente-cinq ans, il est un peu tard pour jouer aux amours buissonnières. Mais il n'y avait pas de Micheline à Heidelberg, rien que des filles trop sages, qu'il fallait épouser, ou des serveuses de brasseries qu'on pouvait culbuter sur les tables après un Bierabend. Entre la petite fiancée et la putain, il a manqué à Werner le sourire d'une maîtresse, le sourire de Micheline qui est un peu bête, de Micheline qui a les mains rouges à cause de la vaisselle, les dents pas très blanches à cause du dentifrice de guerre, qui parle mal parce qu'elle était en place à quatorze ans, au lieu d'étudier Gœthe à Heidelberg, mais qui possède tant de gentillesse d'âme et de corps que Werner s'est attaché à elle déraisonnablement.

Dix-neuf, dix-huit, dix-sept pas avant le premier coup de feu... Chaque pas dure un siècle. Antoine a la bouche très sèche, les nerfs durcis mais il sait que sa main ne tremblera pas. Après, longtemps après, lorsqu'il se sera enfui jusqu'à sa chambre, il pourra s'offrir le luxe d'une brève débâcle physique, muscles et volonté dénoués, tête vide, cœur fou... Comme il eût été doux de retrouver Marie-Anne et comme le monde est vide. Seize, quinze, quatorze...

Dans sa chambre de la rue Monselet, Marie-Anne pleure.

A la permanence de nuit de *L'Ouest-Éclair*, Jean est assis près du téléphone. Lorsqu'il sera prévenu de l'attentat, le service de presse du Commissariat central en informera les journaux selon l'habitude. Jean pourra demander des détails sans se compromettre, c'est son métier. Puis il téléphonera au chef du réseau. « Le médicament a bien réussi » ; cette phrase signifiera que l'Allemand est mort et qu'Antoine est sauf. Jean s'efforce de ne pas penser à l'autre phrase : « Il faudra une nouvelle ordonnance. »

Combien de temps Werner gardera-t-il Micheline ? Il n'a pas d'illusions. Si l'Allemagne gagnait la guerre il pourrait sans doute prolonger l'aventure car la position de vainqueur arrange tout, mais Werner est bien placé pour savoir ce qu'il faut penser des communiqués que le feld-maréchal Jodl rédige à son Q.G. de Berchtesgaden. Les services de renseignements dont Werner fait partie ne partagent pas l'optimisme officiel. Les nouvelles du front de l'Est sont désastreuses et l'on chuchote que le grand amiral Canaris a reçu de Turquie des messages alarmants, signés Cicéron, sur les projets anglo-américains de débarquement à l'Ouest, probablement du côté de Dieppe. L'Allemagne ne résistera pas au double front. Les mouvements français de résistance le pressent car ils redoublent d'activité. Werner a des chances de survivre à la débâcle, mais Micheline ? Les Soviétiques qui regagnent le terrain perdu ne sont pas tendres pour les femmes russes lorsqu'elles ont eu des faiblesses pour l'occupant. Il en ira de même en France. La vengeance des mâles est une tradition vieille comme les sexes. Pauvre Micheline ! Werner se donne un an ou deux, maximum... Pendant ce sursis, il jouira d'un corps tendre et il enverra au poteau quelques terroristes maladroits. Puis le déluge... Tout cela est absurde, mais c'est la guerre.

Dix, neuf, huit, sept... Antoine lève son arme et la tient braquée à la hauteur du cœur dans un axe encore théorique mais qu'il suffira de corriger de quelques millimètres. Les bottes n'ont pas changé de rythme. L'homme ne se doute de rien. On dirait qu'il flâne.

Cinq, quatre, trois, deux, un...

Helmut a une double surprise. Par acquit de conscience, il a tiré une dernière fois le démarreur de la traction avant et le moteur s'est mis à ronfler avec un entrain incroyable. Avant d'avoir eu le temps de se réjouir, Helmut entend des coups de feu tirés dans la rue où vient de s'engager le lieutenant de l'O.B. West. Dès lors, tout s'enchaîne en quelques secondes. La voiture tourne, sur les chapeaux de roues, le coin de la place Louis-XVI. Dans le faisceau du projecteur orientable, Helmut voit un corps étendu sur le trottoir et, penchée sur ce corps, une silhouette qui se redresse et amorce un mouvement de fuite. Helmut dégaine son Mauser et tire au hasard tout le chargeur. Il tire très mal, c'est de notoriété publique. Ses copains affirment qu'il serait incapable de faire mouche sur un cosaque attaché sur une chaise à trois mètres. Pourtant la silhouette tourne sur elle-même et s'effondre. C'est la nuit des miracles : la voiture a démarré, Helmut a visé juste. Il reste un instant étourdi par cette double chance. Les deux corps sont allongés côte à côte. L'un est celui du lieutenant de l'O.B. West, l'autre celui d'un jeune homme qui tient encore le revolver avec lequel il a tué. Helmut pense que cette histoire va faire un sacré raffut. En tout cas, le Feldwebel Heiss ne pourra que fermer sa grande gueule. Helmut a accompli une action d'éclat. C'est un coup à devenir Feldgendarme de première classe et même, on a donné des croix de fer pour beaucoup moins.

M. Desvrières repousse devant lui la pile de cahiers corrigés. Il est las et triste. Les enfants d'aujourd'hui manquent de cœur.

Micheline baisse le gaz. Le gâteau de marrons au sucre de raisin sent bon. Werner peut arriver. La dînette est prête.

Dans le bureau de *L'Ouest-Éclair* le téléphone sonne. Jean tremble si fort que le récepteur tombe sur la table. Ce n'est que le correspondant de Saint-Nazaire qui signale un crime dans une chaumière de Brière.

Marie-Anne lutte contre une nausée. Elle n'a pas dit à Antoine qu'elle se croyait enceinte. Ce n'était pas le moment.

Sur le pavé les deux corps sont immobiles. Les sangs de l'un et de l'autre coulent le long du trottoir et se mélangent en un seul ruisseau. Werner est mort. Antoine n'est qu'évanoui mais nul ne le sait, pas même lui ; la cuisse fracassée par une balle d'Helmut, il a glissé dans une miséricordieuse inconscience. Au reste, le sursis sera bref. Antoine

44

respire encore mais sa mort est inscrite dans la logique de son acte.

Les deux sangs qui coulent confondus tracent sur le pavé obscur des signes sans signification avant de se perdre dans une bouche d'égout.

L'heure approche des grands mots et des belles phrases. <u>L'histoire commence.</u>

DEUXIÈME PARTIE

Qui ne fait mieux que sa vie ?
Henri Michaux.

CHAPITRE I

Le 6 juin 1949 fut un grand jour pour Saint-Sère-la-Barre. Le village entier, réuni au cimetière à l'occasion du cinquième anniversaire du débarquement, assista à l'inauguration du nouveau monument aux morts.

La cérémonie fut émouvante encore que sans faste. Saint-Sère-la-Barre ne pouvait prétendre au grandiose, ses dimensions physiques le lui interdisaient comme aussi la simplicité de ses habitants, gens modestes et lents qui vivaient à l'écart des routes à grande circulation et des ambitions excessives. Les automobilistes pressés — l'adjectif frôle le pléonasme — traversaient le bourg sans s'en apercevoir. Il ne fallait qu'un instant de distraction pour ignorer le tabac-buvette placé en avant-garde du village et déjà l'on était à la hauteur de l'église camouflée derrière les tilleuls de sa place et qui semblait un bosquet à l'œil négligent. Encore trois tours de roues et c'étaient la mairie, son jardinet, puis la campagne à peine interrompue par cette poignée de maisons basses, chacune abritée derrière les grilles fleuries d'un potager à sa mesure. A l'inverse des cités nouvelles nées qui s'allongent de chaque côté des routes nationales, comme par besoin d'affirmer leur existence trop récente, Saint-Sère-la-Barre s'étendait en profondeur dans les champs et n'offrait au passant qu'un profil pudique, un coin de visage derrière une voilette, le reste du corps n'étant accessible que par des rues étroites et des venelles interdites aux véhicules.

Tous les automobilistes disaient : « ... tiens, ça a l'air charmant », mais le temps de dire et ils se trouvaient déjà engagés sur la route de Nantes ou de Clisson. Saint-Sère vivait donc ignoré et ignorant du reste du monde, par là même à l'abri de ses bouleversements. Lorsqu'ils rentrèrent de captivité, les prisonniers s'émerveillèrent de ne trouver rien de changé aux apparences ; c'était la façon du village d'être resté fidèle aux absents. Derrière les façades, à l'intérieur des cœurs, en revanche, beaucoup d'objets et de sentiments s'étaient trouvés déplacés mais c'était le moindre mal qu'on pût attendre d'une guerre. Pendant deux, trois ou quatre ans — et l'on sait que les années de campagne comptent double — les couples dénoués n'avaient subsisté que de souvenirs, d'images immobilisées. Au retour, chacun s'efforça d'identifier la réalité aux fantômes avec lesquels il avait vécu et se jugea trahi de ce que les deux images ne coïncidaient pas exactement. Nul n'admit que les autres eussent changé, eussent vieilli au lieu de rester conformes aux instantanés crasseux si souvent regardés les jours de peine. Les femmes découvrirent chez leurs hommes de nouveaux goûts, de nouvelles manies et parfois, dans l'amour, des gestes inédits qui étaient des aveux. Les hommes s'aperçurent que leurs femmes avaient changé de coiffure ou de manière, que les enfants n'avaient pas attendu la fin de la guerre pour grandir et pour s'émanciper. Personne ne retrouva personne mais chacun garda pour soi la déconvenue ; rien ne se devina au-dehors des rajustements nécessaires.

50

Ce fut le village lui-même, parce que rien n'avait été transformé de son assemblage de pierre, de bois, ou de fer, qui fit rentrer ses habitants dans le droit chemin. Les objets inanimés ressuscitèrent les gestes anciens et les gestes, selon la doctrine pascalienne, entraînèrent les sentiments. En retrouvant le grincement d'une porte (il faudrait tout de même que je donne un coup de rabot), la manœuvre difficile d'un tiroir, le boitement d'une table (demain je mettrai une cale), les caprices d'un interrupteur (sacré bouton), tout cet ensemble d'imperfections chaleureuses qui constituent la personnalité profonde d'une demeure, les prisonniers retrouvèrent autant de parcelles d'âme. Ils surent qu'ils étaient rentrés chez eux.

La vie extérieure, en reprenant son cours normal, favorisa cette remise en ordre. Il y eut de plus en plus de laine véritable dans les étoffes de la mercière, de farine blanche dans le pain du boulanger ; l'essence fut en vente libre et tout redevint « comme avant » au-dehors et au-dedans.

M. Desvrières fut élu maire de Saint-Sère-la-Barre en 1947. Il avait abandonné l'enseignement pour se retirer dans son pays natal car la mort de son fils et ses propres souffrances, dans le camp de concentration où la Gestapo l'avait envoyé au titre de père de criminel, en avaient fait un homme vieilli avant l'âge. Son village lui ménagea une élection triomphale, d'abord par sympathie personnelle, pour l'avantage aussi que représentait à la tête des affaires publiques un homme instruit, raisonnable et suffisamment décoré pour faire bonne figure dans les cérémonies officielles.

Mais surtout la présence de M. Desvrières à Saint-Sère-la-Barre évitait au village une incroyable disgrâce. Convaincu que « gouverner c'est prévoir », l'ancien maire avait fait sculpter, dans le plus grand secret et dans la pierre du pays, un monument aux morts de grande classe, sorte d'obélisque sommé d'un coq victorieux qui foulait aux pattes les débris d'une croix gammée. La base de l'édifice était un bloc de granit rose portant gravés ces mots : « A la mémoire de... ». Or, par une malice du sort, tous les combattants de Saint-Sère-la-Barre regagnèrent leurs foyers après la tourmente. Cette faveur de la Providence parut un traquenard au maire. Son monument lui restait sur les bras. La surprise pieuse qu'il avait voulu ménager à ses administrés tournait à la plaisanterie macabre. L'unique nom qui eût pu figurer sur la plaque votive était celui du seul manquant à l'appel, Jules Trichard, un bon à rien pour lequel l'honneur eût été jugé excessif par les patrons de bistrots dont Jules, perpétuellement insolvable, était la bête noire, et par toutes les mères de famille dont les filles avaient été mises à mal par ce garnement. Au reste, il était de notoriété publique que Jules, détaché en kommando de culture, était mort d'une cirrhose du foie dans les bras d'une fermière rhénane qui le gorgeait de quetsche. A la rigueur, Joseph Paraut aurait fait l'affaire, sa borderie[1] se trouvait à cheval sur les territoires de Saint-Sère-la-Barre et de La Chapelle-des-Montes. Mais Paraut, tombé à Dunkerque, avait été annexé aussitôt par La Chapelle-des-Montes, à une époque où rien n'indiquait que Saint-Sère-la-Barre dût manquer de morts.

La situation semblait sans issue. Le maire en arrivait à un point de désespoir qui lui faisait envisager de courir au-devant d'un trépas glorieux pour qu'un nom au moins pût être gravé dans la pierre et que se trouvât

---

1. Petite exploitation agricole de quelques hectares.

justifiée la dépense des deniers publics. Ce funèbre self-service lui fut épargné par l'arrivée de M. Desvrières, qui, en prenant sa retraite à Saint-Sère, apportait avec lui un peu de la gloire d'un héros dont le nom avait franchi les limites du département, puisque à Paris, un hommage doublement métropolitain lui avait été rendu : la station Richard-Lenoir s'appelait désormais Antoine-Desvrières. Le monument aux morts ne pouvait prétendre à une plus brillante illustration. L'ancien maire put s'effacer devant le nouveau sans honte. Le 6 juin 1949, les restes du héros furent transférés à Saint-Sère-la-Barre, solennellement.

— En ce jour, dit le chef de cabinet du préfet de la Loire-Inférieure, en ce jour anniversaire de la plus grande action militaire de tous les temps, il est juste que les pensées de la nation se tournent vers ceux dont le courage a préparé la victoire finale ; ceux qui sont morts sans goûter aux fruits de leur sacrifice. Antoine Desvrières est l'un de ceux qui...

La pierre blanche s'inscrivait sur un tendre ciel de printemps, à peine moucheté de nuages follets. De chaque côté de l'obélisque, deux cyprès fraîchement plantés semblaient figés en un garde-à-vous que leur petite taille faisait un peu ridicule.

Le monument était érigé au centre du cimetière, sur une légère éminence où s'élevait auparavant la croix de la Mission 1934 que le clergé avait consenti à déplacer à cause de l'importance nationale de l'événement. La musique municipale venait d'achever — le mot n'est pas trop fort — *La Marseillaise*.

— Antoine Desvrières est l'un de ceux qui mar-

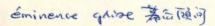

chent droit vers le but qu'ils se sont assigné, sans calculer les risques...

« *Recte sempe* », murmura Jean. C'était la devise de Saint-Stanislas, un des grands sujets de plaisanterie des collégiens (rectum Saint Père, etc.). Et voici qu'Antoine était mort en illustrant cette devise dont il se moquait. Au premier rang des personnalités, le supérieur de Saint-Stanislas, vieil homme blanc et sec, s'apprêtait à proclamer que le petit Desvrières avait toujours été un objet d'édification pour ses professeurs et ses camarades.

Jean éprouva un sentiment de gêne. Tout lui paraissait faux et outré dans cette cérémonie. On s'efforçait grossièrement de faire coïncider un acte et un homme mais Antoine ne ressemblait pas à l'acte qu'il avait accompli, on caricaturait sa mémoire en la résumant à un instant exceptionnel.

« ... le devoir sacré... » disait l'orateur. Comme Antoine eût souri d'entendre cela ! Comme son nom semblait mal à l'aise sur le bloc de granit rose ! Le rôle de mort exemplaire ne lui convenait pas.

Autour de Jean, les visages n'exprimaient qu'une approbation émue. M. Desvrières écoutait avec recueillement le ronronnement du chef de cabinet. Marie-Anne eût éclaté en sanglots si son attention n'eût pas été perpétuellement sollicitée par le petit Antoine dont les cinq ans s'accommodaient mal de l'immobilité, du soleil, des discours, de tous ces rites interminables. Il avait d'abord considéré avec curiosité le monument sous lequel reposait, lui avait-on dit, ce père dont il ne connaissait qu'une image accrochée au mur dans un cadre d'argent.

« As-tu dit bonsoir à ton papa ? » disait sa mère, et chaque soir, Antoine posait ses lèvres sur la vitre du portrait. Il établissait malaisément un rapport entre le visage qui souriait dans le cadre et le monument devant lequel il devait se tenir immobile. Des papillons folâtraient sur les fleurs des tombes et Antoine pensait qu'il serait exquis de les suivre pour jouer au labyrinthe entre ces petites maisons biscornues qui faisaient pleurer les grandes personnes.

Jean prit dans la sienne la main de Marie-Anne pour en calmer le tremblement. Le bâtonnier de Hauteclaire aperçut le geste et le jugea un peu déplacé. Au vrai, rien n'était plus à sa place dans le monde. Depuis la guerre, le bâtonnier de Hauteclaire cherchait à se mouvoir harmonieusement dans un univers dont il avait perdu les clefs le jour où Marie-Anne avait avoué qu'elle était enceinte. Que sa fille se fût mise dans le cas d'attendre un enfant en dehors du mariage, qu'en outre elle affectât d'en tirer une sorte de monstrueux orgueil, tout cela dépassait l'entendement d'un homme pour qui la fille-mère était un phénomène judiciaire, une cause à défendre sans aucun rapport avec la vie familiale. Il découvrit avec effroi chez sa propre fille des réactions physiques et morales identiques à celles qu'il avait observées chez de pitoyables clientes. Une de Hauteclaire portait le bâtard d'un jeune criminel dont le sort, hélas! ne faisait pas de doute! De fait, Antoine Desvrières fut exécuté avant la naissance de son fils et le bâtonnier de Hauteclaire se trouva être le grand-père d'un enfant de condamné à mort. L'infortuné vécut des jours amers, en butte à la commisération de ses confrères et à la froideur marquée de ses relations. Du moins, Mme de Hauteclaire, morte en 1936 pour n'avoir pas voulu soigner cette maladie honteuse qu'était encore la tuberculose, n'était-elle plus là pour souffrir du déshonneur.

A la fin de la guerre, la situation se renversa soudain et le bâtard qui était une lourde croix se changea en planche de salut. Le comité d'épuration des avocats avait réuni un dossier démontrant que le bâtonnier avait entretenu des relations quasi cordiales avec les autorités allemandes. La radiation de l'ordre était sur le point d'être prononcée lorsque le nom d'Antoine Desvrières, émergeant du lot des martyrs anonymes, devint le symbole même de la Résistance. Il était malaisé de dissocier l'avocat du grand-père. Le premier fut blanchi au bénéfice du second qui avait, d'une certaine manière, donné sa fille à la bonne cause. Le bâtonnier de Hauteclaire dut s'accoutumer à l'idée que son nom était réhabilité par les débordements de Marie-Anne et lorsque celle-ci décida, en 1947, d'épouser Jean Rimbert, il se garda de formuler une opinion. Dieu sait que ce jeune directeur d'une feuille gauchisante n'était pas un gendre idéal mais il semblait que les bons vieux critères d'avant-guerre eussent perdu toute signification.

« ... âme d'élite, dit le directeur de Saint-Stanislas, façonné par les préceptes chrétiens, Antoine Desvrières restera comme un exemple pour les générations futures. »

La population du village dégustait ces hyperboles. D'avoir, peu ou prou, connu « le fils à Desvrières », chacun s'estimait concerné par ce déferlement de gloire. Après des siècles d'obscurité, Saint-Sère-la-Barre entrait dans l'Histoire.

Marie-Anne luttait contre l'envie de pleurer non pas sur Antoine mais sur elle-même, chaque phrase qu'elle entendait était une souffrance car elle ensevelissait Antoine plus loin dans les profondeurs d'un oubli que Marie-Anne se refusait à admettre. Lorsqu'elle avait

56

épousé Jean, elle était persuadée de ne lui donner qu'une part d'elle-même, l'autre étant pour toujours consacrée au souvenir. Et voici qu'il lui fallait convenir d'une trahison. En face du monument, à cette minute où tout lui parlait d'Antoine, Marie-Anne mesurait à quelle vitesse effrayante il s'éloignait d'elle. — « Je t'aime, je t'aimerai toujours, je n'aimerai que toi... » Que restait-il de ce serment passionnément sincère ? Quelque effort de mémoire qu'elle fît — et l'effort même était une injure — Marie-Anne ne parvenait plus à ressusciter des images d'Antoine *vivant*, mais seulement des fragments d'un puzzle désassemblé : une certaine lumière dans le regard, telle boucle derrière l'oreille (« j'adore tes queues de canard »), une ride au coin de la bouche... Le temps procède toujours de la même manière, il immobilise ses victimes avant de les dévorer, comme font certaines espèces de guêpes, et n'en laisse que des débris. Il n'était plus au pouvoir de Marie-Anne de rassembler les débris d'Antoine. La main de Jean qui serrait la sienne accaparait à elle seule une place plus grande que tous les souvenirs réunis au plus haut point de la ferveur. Marie-Anne eût souhaité se convaincre qu'elle n'avait pas mérité cela, qu'elle ne l'avait pas voulu. On ne veut pas toujours ce qui arrive mais comment ne pas se sentir responsable de ce qu'on est ?

Il se fit un grand silence. Un officier s'avança vers Marie-Anne. Au nom du président de la République et en vertu des pouvoirs qui lui étaient conférés, il accrocha sur la poitrine du petit Antoine une croix que celui-ci considéra avec méfiance.

CHAPITRE II

M. Desvrières avait voulu garder tout le monde à dîner avant que Jean, Marie-Anne et son père ne regagnassent Nantes. Il était agréablement logé dans une dépendance communale où la veuve d'un cantonnier prenait soin de son ménage.

— Mon cher ami, dit le bâtonnier de Hauteclaire, il faut venir chez vous pour manger de vrais rillons de porc.

Les deux hommes avaient noué une manière d'amitié. Ils avaient fait connaissance lorsque M. Desvrières, libéré par l'avance alliée, avait retrouvé Nantes, sa place de professeur occupée par un autre et son appartement éventré par les bombardements. Le petit Antoine était né depuis quelques mois sans que le déporté en fût averti dans les différents camps de triage où le conduisaient les hasards de la captivité ; ignorant jusqu'à la liaison de son fils et de Marie-Anne, il se retrouva grand-père et — moralement au moins — beau-père sans être préparé à ces métamorphoses. Le bâtonnier de Hauteclaire le convoqua pour régler le statut juridique et social du petit Antoine. Le climat de la première entrevue fut nuageux avec de rares éclaircies. La décision de Marie-Anne d'épouser Jean, l'accession d'Antoine au rang de héros national, l'élection de M. Desvrières à la mairie de Saint-Sère modifièrent l'atmosphère d'autant plus que les pentes naturelles des deux hommes les inclinaient à s'entendre. Ils trouvaient l'un en l'autre un appui contre les excentricités des générations montantes. Le contentieux mondain de l'erreur de jeunesse dont Antoine et Marie-Anne s'étaient rendus coupables se trouvant liquidé par la gloire de l'un et le mariage de l'autre, rien ne s'opposait plus à la fraternisation des deux grands-pères; leur sympathie mutuelle se trouva décuplée lorsqu'ils se découvrirent des souvenirs de guerre communs. Chaque génération a ses mots de passe, les leurs étaient les sigles de quatre années d'enfer : 65e R.I.... 72e B.I.C.... S.P.W. 115... Les anciens combattants puisent dans ces litanies de mystérieuses complicités.

— Puisque nous sommes en famille, je puis bien vous avouer... dit M. Desvrières.

Jean songea en lui-même à tout ce que ce « en famille » contenait de paradoxal. Un jour, Marie-Anne s'était attardée trop longtemps dans les bras d'Antoine; cet abandon avait créé, entre un bâtonnier de l'ordre des avocats et un petit professeur de français destinés à ne jamais se rencontrer, des liens indissolubles; et voici que Jean lui-même, par un détour supplémentaire du destin, se trouvait assis à cette table, surnuméraire et usufruitier d'une cellule familiale dont le seul dénominateur commun était un mort.

—... je puis bien vous avouer que j'ai une grave décision à prendre. On me propose une tête de liste aux prochaines élections. Mes amis me pressent d'accepter. Pas plus tard que cet après-midi, le chef de cabinet du préfet...

— Acceptez, dit le bâtonnier, acceptez; notre malheureux Parlement a besoin d'hommes raisonnables.

— Quelle étiquette ? demanda Jean.

M. Desvrières exposa son embarras. Le nom qu'il portait avait retenu l'attention de plusieurs groupes politiques soucieux de ne pas laisser les communistes monopoliser le titre de « parti des fusillés ». Le premier, le R.P.F. avait fait des ouvertures mais l'affaire de reconstitution des réseaux dissous — certains disaient le « complot gaulliste » — risquait de jeter le discrédit sur les candidats à Croix de Lorraine. Ce matin même, on annonçait seize arrestations.

— Au reste, dit le bâtonnier, entre nous je crois que le général de Gaulle a plutôt son avenir derrière lui.

M. Desvrières se méfiait du M.R.P. dont la politique sociale lui paraissait frôler parfois la démagogie. Le Groupe paysan des Indépendants peut-être...

— Excellent, dit le bâtonnier, ce sont des gens qui ont le vent en poupe. Maurice Petsche vient de remporter une belle victoire. 332 voix contre 207, c'est inespéré pour un plan financier qui comporte pas mal de sacrifices. Petsche, c'est le meilleur atout du cabinet Queuille.

— Bien entendu, dit M. Desvrières, je vous confie tout cela sous le sceau du secret.

Jean comprit que la recommandation s'adressait particulièrement à lui. Le journal qu'il dirigeait passait pour « avancé », sans que les frontières de cette avance fussent bien précises dans l'esprit des « modérés » qui lui adressaient ce reproche. Émanation de la Résistance, il était — du moins Jean l'avait-il voulu tel — un terrain de rencontre entre des camarades éloignés les uns des autres par leur évolution politique. Des articles de communistes et de conservateurs également

60

notoires le rendaient unanimement suspect encore que l'épithète de « gauche » lui fût plus volontiers attribuée.

— N'ayez crainte, dit Jean, nous nous intéressons davantage à la doctrine qu'à la tactique électorale.

— Ah ! la jeunesse... dit le bâtonnier, l'idéalisme, les moulins à vent... Nous avons connu cela avant vous mais ça vous passera avant que ça nous reprenne !

La conversation, après avoir rampé au niveau de sujets tels que l'entrée en vigueur de l'allocation-logement et la création du double secteur pour l'essence, se hissa jusqu'au plan des préoccupations internationales.

— Dans l'ensemble, dit M. Desvrières, la situation n'est pas mauvaise ; nous allons vers une détente.

Un accord était en vue entre les quatre Grands sur le problème de l'administration de Berlin. L'assemblée venait de voter une proposition de résolution invitant le gouvernement à s'assurer de la réalité des possibilités de trêve en Indochine pour la sauvegarde des digues pendant la saison des pluies. Autant d'indices qui invitaient à l'optimisme.

Jean n'eut pas le temps d'exposer ses doutes quant à l'efficacité d'une solution militaire en Indochine et ses craintes que le feu allumé en Extrême-Orient ne projette des étincelles dans les autres territoires sous tutelle, à commencer par l'Algérie. En une plaidoirie sonore, le bâtonnier remontra qu'au premier signe de véritable fermeté, les agitateurs indochinois retourneraient sagement à leurs rizières et qu'il suffirait de

61

quelques exemples énergiques pour fermer le bec des coolies excités par la propagande chinoise. Quant à l'Algérie, M. Desvrières fit lire à Jean l'article publié le matin par la *Résistance de l'Ouest :*

« Monsieur Vincent Auriol, président de la République, accompagné de MM. Jules Moch, ministre de l'Intérieur, Robert Lecourt, garde des Sceaux, Naegelen, gouverneur général de l'Algérie, est arrivé à Tlemcen, dans le Sud oranais. En cette dernière étape de son voyage à travers l'Algérie, comme aux précédentes, M. Vincent Auriol a trouvé sous un ciel ardent le vibrant accueil d'une population à large prédominance musulmane. »

On ne pouvait sérieusement douter de l'attachement du monde arabe à la France, laquelle avait répandu sur ce sol trop de bienfaits pour ne pas être payée de retour.

Marie-Anne restait en dehors de la conversation, non qu'elle manquât d'idées sur les problèmes en question, mais elle ne souhaitait pas d'être prise entre son père et son mari comme un doigt entre l'arbre et l'écorce. En revanche, elle était attentive à tout ce qui, dans les propos échangés, suscitait des images d'Antoine. De son amant, elle n'avait connu que les moments d'exception pendant lesquels ils étaient plus ou moins en représentation ; la rareté même de leurs rencontres conférait à celles-ci une dimension dramatique, un paroxysme de sentiments qui faussait le jeu. Elle n'avait possédé d'Antoine que des traits excessifs, des sommets. Il leur avait manqué de vivre ensemble pour découvrir chacun le visage intime de l'autre, c'est-à-dire non pas les reliefs remarquables ou les panoramas, mais les longues vallées, les plaines, les platitudes de l'existence quotidienne. Qu'Antoine aimât les choux verts ou les pommes de terre de Noirmoutier, qu'il ne pût supporter le contact de la laine sur la peau, qu'il fût sujet aux angines, tous ces menus traits révélés au hasard des phrases dessinaient pour Marie-Anne le portrait d'un inconnu. Elle avait conscience de surprendre pareillement ses interlocuteurs lorsqu'elle parlait d'Antoine, la vision qu'elle en avait ne coïncidant pas avec celles de M. Desvrières ou de Jean. Les échanges de souvenirs étaient d'autant plus difficiles que chacun, possédant un certain profil du fils, de l'ami, de l'amant disparu, pensait de bonne foi détenir la vérité. On se fait mal à l'idée qu'un même individu soit différent selon les interlocuteurs sans cesser d'être fidèle à lui-même. Les relations humaines se trouveraient simplifiées si l'on tenait pour évident qu'un homme pût préférer les abricots chez son père, les fraises chez son camarade et les cerises chez sa femme sans être incohérent pour autant. Cette élémentaire vérité n'étant généralement pas admise, on trébuche sur les contradictions aussitôt qu'on aborde des domaines plus souterrains que celui des prédilections fruitières. Ainsi M. Desvrières, Marie-Anne et Jean cultivaient-ils trois profils antagonistes d'Antoine, chacun restant persuadé de l'authenticité exclusive du sien et ne doutant pas qu'il fût le seul portrait officiel, complet, indiscutable. Nul n'acceptait d'imaginer que tout profil est complémentaire de beaucoup d'autres, que même, la somme de tous est incomplète si l'on n'y ajoute les élans et les remous profonds de la face inconnue du cœur, qui sont proprement incommunicables.

Malgré tout, une fois de plus, le dialogue de sourds fut doux à tous les trois. Le bâtonnier n'y introduisit qu'un minimum de balourdises. Ils parlèrent d'Antoine sur le mode attendri. Cinq années avaient atténué l'armertume du chagrin, elles en avaient fait un breuvage buvable à petites gorgées.

En rentrant à Nantes, Jean fit un léger détour afin d'éviter la rue « Antoine Desvrières 1921—1943, mort pour la France ». Il se reprocha cette superstition. Marie-Anne feignait de dormir.

La rue Antoine-Desvrières débouchait sur l'imposant « Cours des Cinquante Otages » comme une rivière se jette dans un fleuve.

CHAPITRE III

En amour on n'est pas du soir et du matin. Marie-Anne était du soir. Jean, au contraire, toujours éveillé par les premières pâleurs de l'aube, résistait mal au désir d'arracher à la nuit ce peloton de chair tendre étroitement inscrit dans les courbes de son propre corps. Marie-Anne dormait incrustée dans Jean. Les mouvements nocturnes les désunissaient parfois, l'espace d'un instant, mais Marie-Anne, du plus profond de son inconscience, accomplissait les gestes qui la ressoudaient au corps de son homme aussi parfaitement qu'une cire prend l'empreinte d'un moule; elle épousait Jean dans le vrai sens du mot. Elle n'était jamais aussi belle que dans le sommeil. Toute en courbes, en lignes flexibles, en replis imprévus, le visage brouillé par ses cheveux épars, elle semblait composée par un maître de ballet génial, tableau vivant de l'apaisement, danseuse immobilisée au comble de sa grâce, vulnérable, divine. Jean la découvrait furtivement tout en se jurant de respecter cette harmonie fragile mais bientôt, des draps écartés montait l'odeur de Marie-Anne endormie, ce miel, ce myrte, cette rose d'Ispahan que les plus anciens poètes ont respirés dans le parfum matinal des corps de leurs maîtresses.

Alors Jean tendait la main vers sa femme. Du geste même, ample, léger, précis et lent, par lequel on enlève la crème à la surface d'un bol de lait, il écrémait le sommeil de ce corps trop paisible. Sous la longue caresse, Marie-Anne creusait les reins, étirait un bras ou une jambe avec un soupir embué de confort tiède mais, sur le corps de lait, le sommeil aussitôt reformait son voile d'inconscience.

Jean laissait lutter en lui le désir et le remords sans que l'issue du combat fût douteuse. Ses gestes, plus lourds, insistaient. Marie-Anne bredouillait de confuses tendresses ; c'était un jeu aux frontières de la mauvaise foi, un carrousel de gestes inachevés, d'attaques faussement mesurées, de retraites sournoises. Marie-Anne jouait à ne pas s'éveiller. Jean jouait à ne pas s'en apercevoir, mais, à ce point de la partie, l'envie de sa femme était trop forte pour qu'il pût reculer. Tout imprégné lui-même de la rosée nocturne de la dormeuse — elle aimait à mijoter dans la sueur légère d'un édredon — Jean sollicitait plus franchement une réponse. Lorsqu'elle s'était trahie par un signe trop visible, lorsque l'émoi perçait sous la passivité la mieux feinte, Marie-Anne se dénouait avec une hypocrite apparence de langueur et juste assez pour que son amant pût l'investir comme malgré elle.

Jean savait qu'il resterait seul. Bateau dansant sur une mer étale, il célébrait son rite et au terme du court voyage contemplait longuement le visage lisse, les yeux clos de celle qui était restée au port, ne lui accordant qu'une tendre complaisance.

— Mon amour, disait Jean.
— Mon amour, murmurait Marie-Anne.

C'était l'antienne unique de leur matutinaire.

Marie-Anne se renfermait bientôt dans la forteresse de son sommeil d'enfant.

Ce matin-là, Jean ne dirigea vers sa femme aucun des gestes accoutumés ; elle, au contraire, les requit avec tant de violence et de précision qu'il prit entre ses mains le visage de Marie-Anne pour y lire les raisons de ce bouleversement. Dans l'incertaine clarté du petit matin, il déchiffra facilement les signes des larmes et de l'insomnie. Marie-Anne détourna la tête et se serra plus étroitement contre lui.

— Il ne faut pas, dit Jean. Il ne faut pas essayer de l'oublier, pas de cette manière-là...

Marie-Anne exhala en sanglots pressés toutes les peines ressassées au cours de la nuit blanche. Comment Jean ne comprenait-il pas ? Loin de chercher l'oubli, elle poursuivait, à travers les expédients les moins avouables, les dernières traces d'un homme qui avait été pour elle le feu et la glace, l'air et l'eau, le ciel et la terre. Puisque sa mémoire était impuissante, son corps du moins pouvait se souvenir et, en parcourant les chemins qu'Antoine avait frayés, ressusciter un mouvement, une sensation, n'importe quoi de vivant.

— Pardon, dit-elle, c'est cette journée d'hier...

Ils restèrent silencieux, côte à côte. Pendant toute la cérémonie de la veille, Jean n'avait cessé de mesurer combien peu de place réelle, véritable, Antoine tenait dans sa mémoire, mais, à l'inverse de Marie-Anne, ce constat ne le révoltait pas. Il savait, depuis l'échec de l'attentat et la mort d'Antoine, qu'il oublierait, et très vite, car telle est l'ignoble nature humaine ; ceux qui prétendent le contraire sont des faussaires. Mais il savait aussi qu'il lui arriverait souvent de quêter autour de lui un regard, une main, un mot et que ces jours-là, il tremblerait au bord du vide qu'avait creusé la fosse de l'ami disparu. Avant le jugement et la condamnation, Jean avait commis la folie d'adresser une lettre à « Monsieur Antoine Desvrières, Prison de Nantes, E. V. » avec, inscrite au dos de l'enveloppe, sa propre adresse. Un postier de bonne volonté, sans doute conscient de la mortelle imprudence de cet envoi, prit sur lui de retourner la lettre avec le classique tampon : « Le destinataire n'a pu être atteint. » Quelques semaines après, le destinataire, à jamais, ne pouvait plus être atteint, par rien ni par personne. L'expéditeur, lui, fut atteint pour toujours. Les amitiés de jeunesse ne cicatrisent pas.

En reprenant à son compte la femme et l'enfant d'Antoine, sans qu'il en eût complètement conscience Jean avait cherché dans ce transfert le moyen d'assurer à son frère une sorte de survie. En même temps, il espérait obscurément peupler de lumière et de chaleur les cantons de son âme que les balles du peloton d'exécution avaient rendus déserts. La nuit de noces de Marie-Anne et de Jean fut un étrange pèlerinage. Tout ce que Marie-Anne savait de l'amour, elle l'avait appris d'Antoine ; de cela, Jean ne pouvait douter, ni qu'il fût l'héritier d'une intimité dont les plus secrètes démarches étaient comme dictées par le mort d'hier. Les gestes, les paroles, tous les mouvements de la tendresse, les sentiers du plaisir étaient ceux qu'Antoine avait voulus ; au plus profond de son abandon, Marie-Anne ne faisait que réciter une leçon dont chaque épisode révélait davantage le professeur qui l'avait composée. En une seule nuit, Jean découvrit des visages d'Antoine qu'il n'avait pas connus en dix années d'amitié fraternelle. Puis d'autres gestes et d'autres paroles recouvrirent les traces anciennes. Le mari et la femme devinrent un couple scellé par le ciment solide des habitudes communes. Marie-Anne et son fils prirent la première place dans la vie de Jean, mais ils ne comblèrent pas le vide de l'absence. Les deux territoires n'avaient pas de frontière commune. Le principe des vases communicants n'est qu'une loi physique.

Jean n'alla pas à son journal. Il passa la matinée avec Marie-Anne comme auprès d'une convalescente. Ils parlèrent d'eux-mêmes pour exorciser leurs fantômes, trouvant un réconfort à ce que leurs pensées devinssent moins redoutables et plus simples en s'incarnant dans la bonne pesanteur des mots.

— Lorsque tu m'as demandé de m'épouser, dit Marie-Anne, j'avais besoin de quelqu'un près de moi. Maintenant, je sais que j'ai besoin de toi.

Ils évoquaient souvent ces premiers temps de leur mariage, époque ambiguë d'un ménage à trois où Antoine tenait la première place. Avant d'être « les Rimbert » ils étaient la maîtresse, le fils et l'ami d'Antoine, dans leur propre cœur comme dans l'opinion publique ; ils avaient dû remonter ce double courant avant d'exister par eux-mêmes, sans référence à ce mort si présent.

— Moi, je crois que je t'ai toujours aimée, dit Jean.

— C'est pour cela que notre mariage était possible, dit Marie-Anne ; je n'aurais pas supporté l'idée que tu me prenais par pitié, parce que j'avais un enfant, parce que j'étais malheureuse. Je pensais bien qu'un jour je t'aimerais aussi mais je ne savais pas que ce serait si vite et si complètement.

Ils se vautrèrent dans la certitude de leur amour mutuel, ils s'y plongèrent jusqu'aux lèvres, prenant leur plaisir à raffiner sur des détails, à se démontrer réciproquement l'excellence de leurs sentiments, ils allèrent chacun au-delà des arguments de l'autre comme dans ces courses de relais où l'on se passe le « témoin » pour le faire avancer plus vite. La chambre sentait bon le soleil et le thé de Chine du petit déjeuner.

— J'avais juré à Antoine que je l'aimerais toujours, que je n'aimerais que lui, dit Marie-Anne, et j'étais sincère pourtant !

Elle attendait que Jean dise : « Ce n'est pas le problème... »

— Ce n'est pas le problème, dit Jean, on ne peut pas rester fidèle dans le vide, ça n'a pas de sens.

De la discussion jaillit la lumière lorsque — et seulement dans ce cas — les interlocuteurs sont d'accord et jouent alternativement le rôle de M. Loyal. Se faire persuader de ce dont on est par avance convaincu est un des charmes de l'existence et la recette conjugale la plus sûre.

— Tu aurais été heureuse de toute façon, dit Jean, mais la rançon de mon bonheur, à moi, était sans doute la mort d'Antoine. J'y pense souvent. Les catholiques ont un nom pour cela : la communion des Saints. Il faut avoir la foi chevillée à l'âme pour admettre qu'il est bon et juste de payer une vie d'une mort.

— Oui, dit Marie-Anne, j'aurais sans doute été très heureuse.

— Pas de la même manière, dit Jean. J'imagine qu'Antoine t'aurait entraînée à travers une existence plus exaltante et plus dangereuse. C'était un seigneur, pas moi. Il avait une curiosité illimitée de la vie, il aimait les extrêmes, les excès, et les remises en question. Il se serait inscrit au parti communiste et il aurait souri de mes tergiversations, de mes scrupules, de mon journal. Il m'accusait de réserver ma sympathie aux réactionnaires de gauche et aux progressistes de droite. Peut-être m'aurait-il détourné de ma nature, car personne ne savait si bien convaincre, sous prétexte de démystifier. J'aime que tu sois mon point fixe et mon bel équilibre. Lui, il aurait exigé que tu le suives dans toutes ses jongleries. Il ne pouvait pas supporter d'être seul, même pour dormir. Lorsque je pense à vous deux, je te vois essoufflée, effrayée et radieuse. Il est probable que je me trompe.

— Tu ne te trompes pas, dit Marie-Anne, sauf que j'ai du souffle. Mais je suis satisfaite d'être ton point fixe.

— Il n'a jamais su que je t'aimais, dit Jean ; j'aurais voulu lui dire au moment où ils sont venus le chercher pour le tuer. Alors, il n'aurait plus été seul.

— Pendant plus d'un an, dit Marie-Anne, chaque nuit, j'ai rêvé à cet instant, j'ai vécu ses souffrances, ses regrets, son courage, sa peur...

— Je ne pense pas qu'Antoine ait eu peur de la mort, dit Jean, mais j'imagine qu'il a trouvé *sa* mort absurde. Il n'avait pas le sens du sacrifice, il assurait qu'il refuserait de croire aux valeurs exemplaires jusqu'à son dernier jour. Mais qui de nous peut savoir ce qu'il pensera, précisément ce jour-là ?

CHAPITRE IV

Ce jour-là, un bruit inhabituel tira Antoine de la torpeur où il se réfugiait pour tenter d'oublier sa douleur. Dans sa cellule, les bruits étaient ses seuls compagnons, il en avait dressé l'inventaire : l'horloge de la prison, la pluie sur le zinc, les pas des gardiens, le chariot de la soupe, la toux du 93, les klaxons des voitures qui débouchaient sur la place du palais de justice... Pendant les délires de souffrance fiévreuse qui le faisaient gémir sur son bat-flanc, ces bruits familiers lui étaient un soulagement, liens ténus qui le reliaient encore au reste du monde. Mais il entendait pour la première fois ce remue-ménage de bottes, ces ordres rudes, ce tumulte. La grande porte de la prison avait été ouverte ; il avait entendu le grincement des gonds énormes. Ce bruit précédait habituellement l'entrée, à l'intérieur de la première enceinte, d'un fourgon cellulaire, mais il ne s'accompagnait jamais de ce branle-bas.

Le pus suintait à travers le pansement de coton synthétique. Un nouvel abcès fermentait sans doute dans la profondeur des chairs, peut-être une esquille se frayait-elle un chemin à travers les tissus nécrosés. La jambe n'était qu'une plaie pavoisée aux couleurs de la gangrène.

Au point d'impact de la balle, le fémur avait éclaté, provoquant une infection que seuls des soins constants eussent évitée ; mais tous les médicaments disponibles partaient pour le front de l'Est. L'interne qui visitait les prisonniers faisait de son mieux. Il ouvrait les abcès les plus apparents et nettoyait la blessure au pétrole. Les Allemands avaient refusé le transfert d'Antoine à l'hôpital.

— Pas fameux, pas fameux... disait l'interne en défaisant le pansement sale.

Les derniers temps, quelque endurci qu'il fût, il pinçait les lèvres en entrant dans la cellule, tant l'odeur était infecte.

— Il faut couper ça, mon vieux, je vais faire un rapport, il faut couper tout de suite.

Antoine laissait dire. Il n'avait pas d'illusions. Au vrai les Allemands étaient logiques dans leur refus de laisser opérer un homme qui, de toute façon...

Soudain Antoine identifia les bruits montant de la cour. En même temps, il émergea du gouffre de la fièvre et reprit conscience de la réalité de sa situation : il était condamné à mort. Les rumeurs étaient celles du peloton d'exécution. A quoi bon amputer la jambe d'un homme destiné à être lui-même retranché de ce monde ? Le médecin apercevait sans doute cette évidence mais ces gens-là ont le réflexe conditionné de chercher à guérir n'importe qui et n'importe quoi. Depuis longtemps Antoine mesurait l'absurdité de ces visites médicales, de ces soins anodins. On ne soigne pas un mort et il était mort avant même que le président du tribunal militaire ne prononce la sentence.

Ce jugement, Antoine l'avait accueilli avec soulagement. Il marquait la fin d'une période d'interrogatoires interminables, de brutalités, de paniques. En face des policiers qui questionnaient, qui frappaient, qui questionnaient encore, qui menaçaient, qui promettaient, Antoine redoutait de s'effondrer et de tout dire. Il en fut préservé par la maladresse des tortionnaires. Ceux-ci, persuadés qu'Antoine occupait un poste dans son réseau, s'acharnèrent à l'interroger sur des hiérarchies de la Résistance que le jeune homme ne connaissait pas. Par un mécanisme dont les enfants apprennent, dès leur plus jeune âge, à se servir en virtuoses, Antoine puisa dans son ignorance partielle les ressources que donne l'innocence véritable, c'est-à-dire la possibilité de nier de bonne foi, avec une énergie sans limites, pêle-mêle, ce qu'il savait et ce qu'il ne savait pas.

Un jour pourtant il fut au bord de la capitulation, lorsqu'il vit entrer dans la salle des interrogatoires son père, menottes aux mains, accompagné d'un policier.

— Nous voilà dans la famille, dit l'Allemand, voyons si vous serez toujours aussi entêté !

M. Desvrières avait été arrêté avec son costume des dimanches, une bonne laine peignée de la Belle Jardinière, achetée au lendemain de l'armistice.

— On ne sait pas si l'on pourra encore s'habiller convenablement, avait-il dit en choisissant un tissu destiné à faire de l'usage.

Il en prenait grand soin.

Absurdement, la première pensée d'Antoine fut pour ce costume que son père devait porter au moment de son arrestation sans quoi il ne l'eût pas exposé aux hasards de la captivité. On voyait déjà de faux plis aux genoux et de la poussière sur la veste. Comme son père devait regretter cette profanation !

— Mon pauvre petit... dit M. Desvrières.

Il était désespéré de voir Antoine réduit à cette extrémité, le visage sale et maigre, attaché à sa chaise, la jambe posée sur un tabouret. Mais la force de l'habitude, la terrible vitesse acquise des conventions lui faisaient ressentir une indignation diffuse. Si Antoine en était arrivé là, si la société se retournait ainsi contre lui, c'est qu'il l'avait mérité de quelque façon et lui-même, Albert Desvrières, qui de sa vie n'avait eu affaire à la loi, sous quelque forme que ce fût, connaissait la honte d'être les deux mains enchaînées, traité comme un malfaiteur par des policiers brutaux. Non, Antoine n'aurait pas dû! Ce n'est pas cela, la guerre.

— Mon pauvre petit...

— Voilà les conséquences, dit l'un des policiers. Vous avez éducationné votre fils très mauvais et il a traîtrement massacré un officier allemand. C'est un crime très grand. Il faut obliger de dire les noms de tous les responsables. C'est un ordre. Compris?

Antoine voulut sourire à son père mais un élancement plus douloureux, dans sa jambe, lui arracha une grimace et un gémissement. M. Desvrières n'y put tenir :

— Vous n'avez pas le droit. Mon fils est blessé. Les Conventions de Genève...

Une gifle sonore le plaqua contre le mur.

— Je chie sur les Conventions de Genève, dit le policier. Elle n'est pas pour les assassineurs. Compris?

— Arrêtez, dit Antoine.

En cette seconde, il eût avoué n'importe quoi. A l'exception de la marque rouge de la gifle, le visage de M. Desvrières était d'un blanc de craie et n'exprimait qu'une surprise et une humiliation immenses.

— Tel père, tel fils, dit l'Allemand. C'est votre devoir d'avoir le repentir pour les autorités allemandes. Nous donnons l'indulgence pour les bons citoyens mais nous détruisons les terroristes. Compris ?

M. Desvrières fit un pas vers son fils :

— Fais selon ta conscience. N'aie pas peur pour moi. J'en ai vu d'autres.

En un instant, le vieil homme était redevenu le combattant de Douaumont et du Chemin des Dames. Antoine eut devant les yeux l'image d'un de ces hommes, qu'il avait découverts dans les collections de *L'Illustration*, un échantillon de cette génération paradoxale qui, en temps de paix, vivait de gilets de flanelle, de vermouthcassis, d'essoufflements, de pantoufles, de bronchites, d'aigreurs d'estomac et qui, la guerre venue, poussa le courage et l'endurance au-delà des limites imaginables. En un instant aussi, le fossé qui s'était creusé entre eux depuis l'armistice fut comblé. Ils se retrouvèrent, comme jadis, fraternels et complices. La gifle du policier — « on ne frappe pas un prisonnier » — avait redonné à M. Desvrières des réflexes bleu-horizon.

La suite de l'interrogatoire, les insultes et les coups, la menace pour le vieil homme d'un camp de concentration ne purent rien contre cette entente retrouvée.

Au reste, la Gestapo n'avait pas de temps à perdre. De l'autre côté de la Manche, dans les ports anglais, aux estuaires des fleuves, les rares Messerschmitt qui parvenaient à échapper à la R.A.F. observaient d'inquiétants mouvements de navires. Les messages de la B.B.C. que les services de contre-espionnage pouvaient déchiffrer, indiquaient la mise en place d'un énorme dispositif de sabotage. La multiplication des arrestations fournissait à la police allemande une abondance de gibier moins coriace qu'Antoine. Ils l'abandonnèrent aux juges militaires.

L'instruction fut rapide; il s'agissait d'un flagrant délit; les faits n'étaient pas niés. Un matin, Antoine reçut dans sa cellule la visite d'un lieutenant de la Wehrmacht commis d'office à sa défense; il posa quelques questions, offrit une cigarette et s'en fut en assurant qu'il ferait de son mieux. Il le fit. En quelques phrases brèves, il remontra au tribunal qu'Antoine était une victime de la propagande pernicieuse qui empoisonnait les esprits de tant de jeunes Français, qu'il était en quelque sorte irresponsable de l'acte abominable et lâche qu'il avait commis et dont il se repentait trop tard, hélas! Antoine admit parfaitement que son avocat ne se donnât pas une peine disproportionnée aux chances de succès. La condamnation ne faisait aucun doute et ne pouvait comporter aucune nuance.

En regagnant sa cellule, après le verdict, Antoine se sentit apaisé; il avait échappé à l'emprise des hasards, les hommes et les choses ne pouvaient plus rien contre lui qui possédait cette suprême supériorité d'être hors d'atteinte.

Et voici que l'heure était venue.

Antoine se redressa sur son lit avec le désir inconscient de prendre une attitude digne. Il n'avait que des idées confuses et littéraires sur le cérémonial qui allait accompagner ses derniers instants sur la terre.

Ce fut un homme seul qui pénétra dans la cellule. Il portait un uniforme imperceptiblement différent des autres. Antoine tenta de se lever mais sa jambe lui refusa cet effort. L'homme vint s'asseoir à côté de lui et Antoine vit seulement le crucifix sur la poitrine, à l'endroit où, généralement, s'épingle la croix de fer.

77

— Je suis l'abbé Grimm, aumônier militaire.

— Vous venez m'annoncer qu'on va m'exécuter ? dit Antoine.

Le prêtre n'esquiva pas la question. Son regard soutint celui d'Antoine, surpris d'y lire une sérénité proche du détachement.

— Plus que de vous l'annoncer, dit le prêtre, mon rôle est de vous y préparer, de vous aider de toutes mes forces qui sont faibles.

— Je crois que j'y suis préparé, dit Antoine. — Il montra sa jambe. — De toute manière, je n'ai plus grand-chose à attendre de la vie.

— C'est une face du problème, dit le prêtre, son aspect purement humain. Mais qu'attendez-vous de la mort ? Je ne viens pas vous prêcher la résignation mais l'espoir. Vous avez le courage de ne rien attendre de la vie mais tout espérer de la mort, voilà l'affaire du chrétien. Croyez-vous en Dieu ?

A demi allongé sur son lit, Antoine avait devant les yeux le ceinturon du prêtre et la plaque orgueilleuse GOTT MIT UNS.

— Vous connaissez, dit-il, saint Stanislas Kowska ? Il est mort à mon âge. C'est le saint patron du collège où j'ai été élevé par des prêtres comme vous. Cette phrase « Gott mit uns », ils me l'ont apprise mais sous une autre forme : « Gesta Dei per Francos. » Ne croyez-vous pas que cela s'appelle jouer le double jeu ?

— Le Dieu des Armées n'est pas un chef d'État-Major, dit l'aumônier, il n'est pas avec les uns contre les autres mais avec tous ceux qui croient en lui.

— A ce détail près, dit Antoine, qu'il préfère généralement les gros bataillons aux petits... Pardonnez-moi, c'est un mot de Voltaire.

— Je le connais, dit le prêtre, mais précisément ce

n'est qu'un mot, une pirouette. Nous n'avons pas le temps de faire assaut d'esprit.

— Celui que j'ai tué croyait-il en Dieu ? dit Antoine. Et dans ce cas comment serons-nous jugés, lui et moi ?

— Ce sont les cœurs qui sont jugés et non les actes, dit le prêtre. Vous ne m'avez pas répondu : êtes-vous chrétien ?

Un sous-officier entra dans la cellule. Il portait sur le revers de son blouson l'insigne des S. S. Après un bref dialogue avec le prêtre, il claqua des talons et sortit.

— Je lui ai dit que vous désiriez vous confesser. Cela vous laisse un peu de temps. Si vous voulez écrire aux vôtres, je me chargerai personnellement des lettres et je vous donne ma parole qu'elles ne seront pas ouvertes. Voici du papier, un stylo...

Le prêtre s'agenouilla sur le sol de la cellule. Les yeux clos, les mains jointes, il resta d'abord muet. Puis, Antoine entendit, venant des lèvres presque immobiles, le murmure atonal qu'il connaissait si bien, l'inimitable bruit de la prière.

Il écrivit à Marie-Anne et à Jean en les chargeant de transmettre son dernier message à son père s'ils le revoyaient jamais. Ce furent des lettres brèves, sans phrases remarquables, un simple adieu.

Lorsque le prêtre se releva, il prit les lettres, lut l'adresse de Marie-Anne et dit, après un temps d'hésitation :

— Ce n'est pas mon devoir de vous le dire mais ma conscience me reprocherait de me taire : un aumônier français m'a prié de vous faire savoir que Mlle de Hauteclaire attend un enfant.

Deux soldats entrèrent avec une civière.

— La guerre est une chose horrible, dit le prêtre, mais ne songez plus qu'à sauver votre âme.

En passant du lit à la civière, Antoine ne put retenir un gémissement.

— Ayez du courage, dit le prêtre, Dieu ne vous abandonne pas, quelles que soient les voies incompréhensibles de Sa Providence.

Chaque pas, désormais, rapprochait Antoine de sa mort. Il chercha, sur la civière, la position la moins douloureuse.

Un enfant ! Comme c'est difficile à imaginer. Marie-Anne va avoir un enfant et moi je vais mourir. Lorsqu'il poussera son premier cri avec ma bouche, mon cœur, mon souffle, je serai déjà un vieux mort. Les escaliers sont raides mais les soldats font attention. Ils sont plutôt sympathiques. Mon enfant attend de naître, je me prépare à mourir. Je vais mourir pour ma patrie. Le lieutenant est mort pour sa patrie. Tous les hommes meurent pour leur patrie. Ce n'est jamais le contraire. La douleur de ma jambe est supportable mais l'articulation est bloquée. Le couloir central était moins long dans mon souvenir. Combien sommes-nous dans la prison ? Des centaines... Est-ce qu'ils savent qu'on va m'exécuter ? Le soldat de tête sent mauvais. Tous les uniformes allemands sentent mauvais mais on doit s'y faire. Moi aussi je sens mauvais. Voilà, ma jambe recommence à couler. Cette fois-ci, c'est à l'aine. En trois jours la gangrène a gagné à toute allure. Je vais salir la civière. Elle est en toile à stores. Ils raflent tout ! Elle est rayée rouge et blanc comme les tentes de La Baule. Ils ont peut-être récupéré les tentes. Marie-Anne était si jolie à La Baule ! Je ne saurai même pas si c'est un garçon ou une fille. Elle l'appellera Antoine ou Antoinette, naturellement. Pourquoi s'arrête-t-on au greffe ? C'est vrai, rien ne peut sortir d'ici sans une signature. Le S.S. qui signe

a mon âge. Ils sont incroyables avec leurs paperasses.
Voilà, tout est en ordre. Doucement, la civière... Ils
font comme ils peuvent mais, mon Dieu, que j'ai mal.
Pourquoi y a-t-il deux camions dans la cour ? Pour un
mois de novembre, il ne fait pas froid. Qu'est-ce qu'ils
vont faire de papa ? Dans un camp de concentration, il
ne tiendra pas quinze jours. Jean a dû essayer de faire
quelque chose pour lui, mais quoi ? Je comprends, on
ne va pas m'exécuter ici. Où alors ? Nous n'avons pas
voulu faire cet enfant mais maintenant c'est bien qu'il
soit là. L'un des camions est plein de soldats. Ce sont
eux qui vont tirer. Les deux porteurs, l'aumônier et le
S.S. montent avec moi dans le second camion. C'est
une ambulance. Ils ne m'ont pas fait mal. Tout est
fermé. Je ne verrai rien. L'aumônier continue à prier.
Je n'ai pas répondu à sa question. Je crois que je crois
en Dieu. On ouvre la grande porte. Le grincement
n'est pas le même quand on l'entend de tout près. Je
crois peut-être en Dieu mais je ne peux pas prier. Ce
n'est pas le moment. On tourne à gauche. On va
traverser la place du palais de justice. Quand je suis
entré en prison il y avait encore des feuilles aux arbres.
Pas beaucoup parce qu'on avait coupé les branches
presque au ras du tronc. Pour leur faire du bien sans
doute, les jardiniers sont tous pareils ! On file tout
droit par la rue Jean-Jaurès. Je sens chaque pavé dans
ma jambe. Avec cette suspension, les blessés ne
doivent pas rire. J'ai envie de faire pipi. C'est idiot.
Tout à l'heure, si j'ai peur, je vais faire dans ma
culotte. Oui, je veux bien une cigarette. Il est plutôt
gentil le S.S. D'ailleurs, c'est l'habitude d'offrir une
cigarette aux condamnés. Après tout, je m'en fiche de
faire dans ma culotte. Je n'ai pas envie de mourir en
héros. Est-ce que je suis un héros ? Sûrement pas car

j'ai toujours espéré que je pourrais me sauver après avoir tiré. Au fond c'est un hasard. Comme l'enfant ! L'enfant c'est un hasard. Si Marie-Anne n'était pas venue passer une demi-journée à Saint-Sère... Si je n'avais pas eu cette envie d'elle... Une descente, c'est la rue Talensac. A gauche, à cent mètres, c'est Saint-Stanislas. On tourne à droite, alors c'est le pont Morand. Naturellement qu'ils n'allaient pas me fusiller à Saint-Stanislas ! Peut-être à la caserne du Six Cinq. Je suis un père et un héros par hasard. Père, c'est bien, héros... Si cet imbécile n'était pas arrivé avec sa voiture, je m'en sortais comme une fleur. C'est un bon tireur ou alors, lui aussi, c'est par hasard. Six ans au Collège Saint-Stanislas, « doué, pourrait mieux faire » et puis voilà ! C'est énervant de ne pas pouvoir lire les graffiti des blessés. Pourquoi est-ce que j'ai choisi l'anglais à Saint-Stan ? Par hasard aussi ? S'il ne m'avait pas touché, l'autre imbécile, j'avais une chance. Il ne m'aurait pas retrouvé avec sa voiture dans les petites rues. C'est fou ce que les blessés peuvent avoir envie d'écrire sur la tôle d'une ambulance. C'est sans doute le blanc qui attire. Eux aussi, ils gravent des cœurs entrelacés. Marie-Anne, mon cœur, tu vas souffrir. Toi qui pleures si bien ! Tu vas pleurer de me perdre, d'avoir cet enfant, de vivre. Eh oui, vous pouvez me regarder, je pleure. Et tout à l'heure je vais pisser dans ma culotte. C'est ça, une autre cigarette. Le tabac allemand, c'est du foin. Je dois avoir une allure avec ce treillis crasseux ! Pauvre papa avec son costume neuf. S'il s'en tire, il aura son petit enfant pour se consoler. Je voudrais bien m'arrêter de pleurer. Les gens qui nous voient passer ne se doutent de rien. La fin de tout, c'est l'indifférence. Encore à gauche, du ciment, c'est la place de la cathédrale. L'assassin revient toujours sur le lieu de son crime. Place Louis-XVI... Il y a trois mois j'étais là avec mes deux jambes et la vie devant moi. A dix secondes près je me sauvais. Alors quoi ? Qu'est-ce que ça veut dire ? La destinée, les voies de la Providence, tu parles ! Ma destinée, ce n'était pas de me faire casser la jambe par un tireur d'élite. Je serais où, en ce moment ? En tout cas, je ne serais pas un héros. Mais pourtant je serais *le même*. Voilà où les choses ne tournent pas rond. Je serais le même, je n'aurais pas changé mais les choses auraient changé autour de moi. Lorsque j'ai décidé de tuer le lieutenant cela ne dépendait que de moi, j'étais libre. Je pouvais dire oui ou non. J'ai été libre une seconde mais après ? Ce qui est arrivé, ce qui aurait pu arriver de différent, en quoi l'ai-je décidé ? En quoi ai-je été libre ? Des rails de tramway sous les roues, c'est la route de Paris. Ce sera sans doute à la caserne du Six Cinq. Dans toutes les casernes il y a un bon coin pour fusiller. Ici ou ailleurs je m'en fiche. Je suis sur le point de découvrir quelque chose d'important. Il faut que je me dépêche. Priez, monsieur l'aumônier, priez, Dieu existe, j'y crois mais je sais ce qu'il fait, il joue aux billes avec son petit monde. Si seulement j'avais moins de fièvre, je réfléchirais plus vite. Il faut revenir à l'angle de la place Louis-XVI, le 11 septembre à onze heures du soir. Est-ce que je suis prédestiné à tirer, à avoir la jambe cassée, à être fusillé ? Absolument pas. Tout est possible. Ce qui dépend de ma liberté, je l'ai décidé. J'ai décidé de tuer le lieutenant pour sauver le réseau. Après je ne suis plus qu'une bille. Dans quel sens je roule ? Où est-ce que j'aboutis ? A cette allure, on a dépassé la caserne. A dix secondes près, voilà le problème. Qu'ils me fusillent où ils veulent. Le brancardier à côté de moi a un méchant rhume et pas

de mouchoir. Il a une bonne tête de territorial. Il évite
de me regarder. C'est sûrement une corvée pour lui. Je
sais : nous allons au terrain du Bèle. J'ai droit à une
exécution de plein air. Tombé au champ d'honneur sur
un champ de manœuvres ! Marie-Anne, je n'ai plus
beaucoup de temps pour penser à toi. J'ai froid
maintenant. Je crève de froid. Je voudrais ne plus
parler qu'à toi jusqu'à la dernière seconde. Dis à notre
enfant que l'important c'est ce qu'on pense. Tout le
reste est hasard. Apprends-lui à haïr les hasards. Le
passage à niveau de Saint-Joseph... le goudron mal
entretenu, avec les trous, c'est pire que le pavé. Je vais
finir par crier. Nous y sommes presque. Marie-Anne,
c'est très grave ce que je suis en train de trouver. Ou
peut-être que c'est tout simplement la fièvre. Mais je
crois que c'est très grave. Je suis en train de découvrir
quelque chose d'important. On ne ressemble jamais à
sa vie. On ne change pas mais on pourrait être
n'importe quoi d'autre. Voilà, nous y sommes. J'ai
abominablement peur. Je crève de froid. Je suis seul.
Ils font bien attention en me descendant. Je n'ai
presque plus mal. Plus qu'une minute. Le peloton est
déjà en place. Tout le monde me regarde. Je n'ai jamais
été aussi seul. Mais oui, mon père, je crois en Dieu.
J'ai abominablement peur. C'est idiot de ficeler la
civière contre le poteau. Tout le monde me regarde.
Avec le bandeau sur les yeux je suis mieux. Encore
trente secondes. Même pas. Vingt-cinq, vingt-quatre,
vingt-trois. A zéro je serai mort. Il faut que je trouve,
vingt, dix-neuf, dix-huit... Le claquement des
culasses. Tous les fusils vers moi, Marie-Anne, je
t'aime, je t'aimerai toujours. La clef de tout, tu
comprends, c'est cette porte cochère. Cinq, quatre,
trois, deux, un. Cette porte, cette seconde. J'ai

entendu. Ils ont tiré. Les balles m'ont déjà tué. Je ne le sais pas encore. Marie-Anne. Ce coup de poing formidable dans la poitrine...

*

En ce soir du 11 septembre 1943 à Nantes, place Louis-XVI, à onze heures, le Feldgendarme de deuxième classe Helmut Eidemann tend la main vers le démarreur de sa traction avant.

Ombre dans l'ombre de la porte cochère, Antoine entend les pas se rapprocher sur un rythme nonchalant. Il a compté lui-même soixante enjambées à partir du coin de la place pour arriver jusqu'à la porte de l'embuscade. Ses lèvres articulent silencieusement des nombres comme on en compte pour s'endormir, mais à rebours : trente, vingt-neuf, vingt-huit, vingt-sept... Le zéro marquera le point d'intersection de deux existences. Vingt-six, vingt-cinq, vingt-quatre...

Dans son petit appartement, Micheline pense à son beau lieutenant. Toutes ses anciennes amies lui ont tourné le dos parce qu'elle couche avec un boche. Son frère lui a promis une correction sévère. Elle lui a dit : « Quand il est tout nu, il n'est pas plus boche que toi. » Et c'est bien vrai. Qu'est-ce que ça peut lui faire, à Micheline, que Werner soit ceci ou cela ? En un sens, elle eût préféré qu'il fût Français, mais tous les Français qu'elle a connus étaient grossiers et vulgaires. Werner, lui, est un monsieur, jamais brutal, jamais un mot plus haut que l'autre. Pour la première fois dans une existence qui n'a pas été douce, Micheline a l'impression d'être chez elle et d'être presque heureuse. Le gâteau de marrons s'annonce comme une réussite. Werner peut arriver. Tout est prêt.

Dix-neuf, dix-huit, dix-sept pas avant le premier coup de feu. Antoine arme le chien du Webley. Il suffit, dès lors, d'une faible pression du doigt sur la détente. La première balle sera la bonne. Les autres serviront de sécurité.

Marie-Anne hésite à courir vers son lavabo. Souvent les nausées disparaissent comme elles sont venues. Ils n'ont pas voulu cet enfant mais Marie-Anne sait qu'Antoine sera heureux. Comme le temps est long !

Dix, neuf, huit, sept... Antoine lève son arme et la tient braquée à la hauteur du cœur, dans un axe encore théorique mais qu'il suffira de corriger de quelques millimètres. Les bottes n'ont pas changé de rythme. L'homme ne se doute de rien. On dirait qu'il flâne.

Helmut a une merveilleuse surprise. Au premier coup de démarreur le moteur s'est mis à ronfler avec une incroyable bonne volonté. Le Feldwebel Heiss pourra fermer sa grande gueule ; pour une fois, Helmut sera en avance sur l'heure de la patrouille. La traction avant tourne le coin de la place Louis-XVI. Elle roule si bien qu'Helmut se croit porté par les anges ; au moment de dépasser le lieutenant de l'O.B. West, il a une bonne idée : un copain de son père, en 1914, a fait une politesse à un officier, celui-ci est devenu général et s'est attaché le soldat Eidemann comme ordonnance. Il faut savoir provoquer la chance. On ne sait jamais. Helmut freine et stoppe à quelques mètres de la porte cochère. Mon lieutenant veut-il profiter de la voiture ? Le lieutenant veut bien. La serviette dans laquelle il a réuni les renseignements sur le réseau Cornouailles pèse lourd.

Écrasé contre le mur, Antoine s'efforce de ne plus exister. Il semble que la voiture soit à quelques centimètres de lui, la minuscule lueur des phares camouflés éclaire les pavés. Un bref échange de phrases, une portière qui claque et la voiture repart. Antoine entend son cœur qui bat follement, il respire comme un homme qui va se noyer. Par une chance incroyable, personne ne l'a vu, il est sauf.

Mais le bruit de bottes a disparu avec la voiture. La rue est déserte. L'histoire est à recommencer.

TROISIÈME PARTIE

... n'importe quoi pourrait être n'importe quoi d'autre et tout cela aurait autant de sens.

Tennessee Williams.

CHAPITRE I

Le 6 juin 1949 fut un grand jour pour Saint-Sère-la-Barre. Le village entier, réuni au cimetière, à l'occasion du cinquième anniversaire du débarquement, assista à l'inauguration du nouveau monument aux morts.

— En ce jour, dit le chef de cabinet du préfet de la Loire-Inférieure, en ce jour anniversaire de la plus grande action militaire de tous les temps, il est juste que les pensées de la Nation se tournent vers ceux dont le sacrifice a préparé la victoire finale...

La pierre blanche s'inscrivait sur un tendre ciel de printemps, à peine moucheté de nuages follets. De chaque côté de l'obélisque, deux cyprès fraîchement plantés semblaient figés en un garde-à-vous que leur petite taille faisait un peu ridicule. Sur le socle de granit rose, de profondes lettres d'or proclamaient que le monument était dédié « A Jean Rimbert 1921-1943. Mort pour la France ».

Au premier rang des personnalités, le supérieur de Saint-Stanislas approuvait de la tête le ronronnement du chef de cabinet et s'apprêtait lui-même à dire combien Jean Rimbert avait été, pour ses professeurs et ses camarades, un objet d'édification. Les parents du héros pleuraient.

— Il parle bien, dit M. Desvrières.

Antoine approuva de confiance. Placés comme ils l'étaient aux derniers rangs de la foule, ils ne percevaient que des bribes de discours : « devoir sacré... générations futures... les fruits de leur abnégation... » Jean n'eût pas souri de ces mots pour lesquels il avait très consciemment mis sa vie en jeu.

— Jeannot, dit Marie-Anne à voix basse, si tu ne restes pas tranquille, papa va gronder.

Elle n'aimait pas ce prénom de Jean mais elle avait admis qu'Antoine voulût placer leur fils sous le signe de l'ami disparu ; sans qu'elle-même eût ressenti beaucoup de peine de cette mort dramatique, elle avait été frappée par la profondeur du désespoir d'Antoine. Les deux garçons étaient, l'un pour l'autre, plus qu'elle ne l'avait soupçonné à travers la pudeur de leurs rapports. Mais décidément, ce prénom de Jean ne lui plaisait pas pour un enfant de cinq ans. Jean-Antoine, à la rigueur...

— Crois-tu que ce sera encore long ? dit-elle.

Antoine ne répondit pas. Par-dessus les épaules des premiers rangs, il regardait les lettres d'or sur la pierre. Pour la millième fois, il songeait à cette affreuse ironie du sort qui, en sauvant le lieutenant allemand, avait perdu Jean et tant de camarades. Le lendemain même de l'attentat manqué, la Gestapo avait agi avec une foudroyante vitesse. Le réseau avait été démantelé. Par quel miracle Antoine avait-il traversé les mailles du filet ? Deux mois plus tard, Jean et cinq autres membres du réseau tombaient sous les balles d'un peloton d'exécution au terrain militaire du Bêle. Cela parce qu'une voiture était survenue au mauvais moment. Une minute plus tard, le lieutenant était mort et les documents en lieu sûr. Antoine savait la vanité de cette reconstruction du monde avec des « si », mais il ne pouvait se retenir de tourner autour de ce grain de sable qui avait fait dévier le cours de tant de destinées.

Après une minute de silence qui porta l'ennui du petit Jean à un point critique, la cérémonie devint plus familière. Les personnalités officielles qui avaient un programme d'inaugurations éparpillées aux quatre coins du département prirent congé hâtivement des autorités locales et s'en furent avec leur stock de belles paroles. Le village se retrouva entre soi, morts et vifs réunis sous un ciel de kermesse. Après avoir rendu au héros local l'hommage collectif qui s'imposait, chacun profita de l'occasion pour donner à ses propres tombes des soins plus terre à terre. A l'inverse des cimetières des villes, trop vastes lotissements où n'éclosent que les fleurs coupées ou les plantes en pot, le champ des morts de Saint-Sère était le royaume de l'horticulture. La plus humble tombe resplendissait d'un parterre somptueux. Juin portait la floraison à son comble. Les bordures de granit, les grilles de fonte et jusqu'aux croix disparaissaient sous une moisson exubérante. En quittant le monument, les familles retroussèrent leurs manches après un *Pater* et un *Ave* lestement expédiés. Sous le veuf ou l'orphelin, le paysan reparut et le cimetière bientôt ne fut qu'un concours de jardinage. Non pas qu'on oubliât tout à fait ceux qui gisaient sous le terreau mais il y avait solution de continuité entre le sol arable de la surface et la terre métaphysique où se métamorphosaient les défunts à quelques pieds de profondeur, là où n'atteignait pas le fer des binettes ou des sarcloirs. En déposant du crottin sur les tombes, nul ne pensait à sacrilège ; c'était au contraire un geste de piété puisque, de cet engrais de choix, naîtraient des fleurs plus vives qui feraient pâlir de jalousie les morts du voisinage. Car il s'en fallait que cette émulation horticole fût pure. Au souci légitime d'honorer les disparus se mêlait un esprit de compétition inavouable. Jadis, Antoine s'en souvenait, les décorations funèbres étaient à base de plantes rustiques ou vivaces : asters, salvias, œillets des poètes, bégonias... Puis on avait vu apparaître des variétés plus exotiques achetées en secret chez les pépiniéristes. D'une tombe à l'autre ce fut la guerre. A l'offensive de l'Héliopsis Scabra répliqua l'invasion du Delphineum Clivedon Beauty, le Solidago Goldenmosa tenta d'écraser de ses grappes jaunes les pétales blancs du chrysanthème Étoile Géante. Un jour, la veuve du docteur Piveteau eut la pensée délicate de planter des rosiers « Docteur Debat » (longs boutons parfaits, grandes fleurs de forme et tenue idéales, rose vif nuancé corail, florifère). Ce qui n'était qu'un geste touchant fut tenu pour provocation. De proche en proche, les dalles se couvrirent de rosiers aux noms impressionnants dont le prestige alimenta des surenchères. Tel qui croyait triompher avec « Hélène de Roumanie » (superbe bouton turbiné s'ouvrant en rouge cocciné nuancé de feu, s'estompant en rose de Carthame) se trouva surclassé par un « Général Mac Arthur » plus à la mode et d'une floribondité spectaculaire. Du moins le cimetière de Saint-Sère gagna-t-il à ce match d'être considéré comme la plus belle roseraie du département.

Sur la tombe de sa femme, M. Desvrières retira sa veste. Il payait un jardinier à l'année mais chacun sait que les salariés mal surveillés en prennent à leur aise et le caveau de la famille Desvrières, parcimonieusement fleuri de géraniums et de pétunias — à peine y remarquait-on une « Reine des Neiges » vouée aux pucerons — faisait figure de parent pauvre.

Antoine fut chargé d'aller chercher de l'eau à la pompe publique ; cette mission qui lui faisait parcourir le cimetière en diagonale, lui fit aussi traverser les couches stratifiées de six années d'absence. Il n'était pas revenu à Saint-Sère-la-Barre depuis la mort de Jean en partie parce qu'il savait que l'opinion publique ne lui était pas favorable. L'histoire du lieutenant allemand escamoté par une voiture fantôme avait paru suspecte à plus d'un. Cela sentait le dégonflage. Qu'Antoine fût un des rares rescapés du réseau Cornouailles avait fait jaser d'autant plus que son mariage avec la fille du bâtonnier de Hauteclaire — dix ans d'indignité nationale pour collaboration — montrait assez de quel côté allaient ses sympathies. Que le temps se fût écoulé, qu'Antoine, devenu fonctionnaire international, ne fût plus le maître ou le lâche dont on avait parlé au cours des veillées, n'empêchait pas qu'un certain doute restât attaché à son nom.

Il s'en rendit compte pendant la traversée, coupée de haltes, où il côtoya beaucoup de ses amis de jeunesse. Certains le saluèrent avec une cordialité hâtive, d'autres marquèrent leur froideur par une politesse excessive, rares furent ceux qui se retrouvèrent avec lui de plain-pied. Au nombre de ceux-ci, Albert Poilièvre retint longuement Antoine au pied d'une « Vicomtesse Pierre du Fou » (Magenta rouge, très élégante, aux jolis boutons) qu'il gorgeait d'engrais en pastilles.

— Tu comprends, expliqua-t-il, nous autres, en bas, on est dans la glaise. C'est une misère pour faire pousser trois fois rien. Dans un sens, les corps se conservent mieux mais pour les fleurs...

Antoine apprit que la rage florale des habitants de Saint-Sère avait modifié la topographie sociale du cimetière. Certaines concessions perpétuelles considérées jusqu'alors comme des emplacements de choix étaient devenues pour leurs propriétaires une source de honte à cause d'un ensoleillement médiocre ou de l'ingratitude du sol. A l'inverse, de mauvais recoins acquirent une valeur soudaine.

— Quand je pense à ce qu'on pourrait faire avec la tombe de ta mère, c'est la meilleure du cimetière ! dit Albert Poilièvre. Tu me diras qu'il faudrait être là, parce que votre jardinier, il a plus souvent une chopine qu'un plantoir dans la main !

Il ne put résister au plaisir de montrer à Antoine le caveau des Ménard, famille peu estimée mais dont les amas de granit disaient l'opulence.

— Robert Ménard, oui, l'aîné qui a cinq ans de plus que nous, vois-tu pas qu'il avait cru nous écraser un bon coup, regarde...

Le Robert Ménard en question, soucieux que sa famille fût la première, en tombe comme en fortune, avait fait planter un considérable massif de rhododendrons. « Des arbres, mon pauvre vieux, des vrais arbres... » Il se trouva que la floraison de ces géantes éricacées s'accomplit en mai, à une époque où nulle solennité n'attirait la foule au cimetière. Et voici qu'en ce jour de gloire, les rhododendrons déplumés n'étaient plus qu'objets de risée. Au reste, la famille Ménard s'était éclipsée aussitôt après la cérémonie officielle.

— Ils ont honte, dit Albert. Dans un sens, c'est pas de chance.

Antoine retrouvait avec plaisir l'Albert Poilièvre de jadis, sa grosse tête rousse, ses tournures de phrases qui avaient résisté à quatre ans d'école Saint-Félix et au certificat d'études. Fils de paysan il était, jusque dans sa manière obstinée de piocher les conjugaisons. Paysan il était resté, maître à présent d'une petite ferme sur la route de Nantes, où Antoine avait caché trois aviateurs américains pendant l'occupation. Un copain d'enfance qui n'a pas changé est une perle rare.

— Et ton métier, ça marche ? dit Albert. C'est quoi, au juste ?

Question redoutable. Antoine ne s'était jamais trouvé dans le cas d'expliquer les fins et les moyens de l'U.N.E.S.C.O. à un cultivateur de Sèvre et Maine. La traduction de Victor Hugo en dialecte bantou, la protection des pingouins des Galapagos, la diffusion de la science et de la culture chez les Pygmées n'appartenaient pas aux préoccupations quotidiennes d'Albert, outre que ces activités, exposées en termes concrets, perdaient de leur urgence et de leur utilité. Antoine borna sa réponse à un exposé sobre.

— Enfin, dit Albert, le principal c'est que ça rapporte bien.

— Comment va Janine ? dit Antoine.

La sœur d'Albert avait été sa « bonne amie » à l'époque où Antoine, apprenti de soi-même, découvrait les exigences du corps à travers des contacts furtifs et de maladroites manipulations. Plus âgée que lui, moins timide surtout, comme sont les campagnardes, Janine avait été sa complice dans cette exploration d'un pays plein de hontes et de bouleversements. Leurs deux ignorances conjuguées procédaient par étapes incertaines. Dans le foin sec des granges, dans les creux moussus des écarts, ils avaient appris ensemble les premiers gestes de ce qu'il faut bien appeler l'amour puisque le désir n'appartient pas au vocabulaire de l'adolescence. Elle fût devenue sa maîtresse si Antoine n'eût quitté Saint-Sère pour entrer au collège Saint-Stanislas lorsque M. Desvrières décida de s'installer à Nantes dans l'intérêt de son fils. La séparation leur évita de probables rancunes. Antoine n'oublia jamais ce corps de femme inachevé qui l'avait conduit au seuil de la virilité, cette chair provocante et peureuse dont il n'avait qu'entrevu les mystères dans les désordres de leurs jeux, mais dont l'odeur et le goût étaient fixés pour toujours dans ce canton de la mémoire réservé aux souvenirs d'enfance, les seuls qui traversent les pires amnésies. Il suffit à Antoine d'avoir posé la question pour que surgissent, des lointaines années, les images vives et précises de la Janine renversée en travers des blés d'août, soupirante et active, toujours un peu honteuse de ses lingeries de laine, barrières et labyrinthes qui résistaient trop bien aux attaques des mains inhabiles. Il ressentait encore sur sa peau le contact bourru de ces longues chemises écrues destinées à préserver des rhumes et des mauvaises pensées.

— La santé est bonne, dit Albert. Elle va sur son quatrième. Trois gars jusqu'ici ; elle espère une fille.

Antoine savait que Janine avait épousé un boucher d'Aigrefeuille et qu'elle était devenue l'une de ces femmes un peu fortes dont on dit qu'elles ont « du tempérament ». Sans être notoire, son inconduite inspirait de lourdes médisances. Du moins le hasard avait-il épargné à Antoine la disgrâce d'avoir à reconnaître en une goton fiévreuse la brûlante petite fille de jadis.

— La patronne est restée à la maison, dit Albert, à cause des bêtes. Si tu pouvais venir manger ce soir, on serait contents.

Antoine expliqua que M. Desvrières avait insisté pour garder « les enfants » à dîner.

— Alors, dit Albert, peut-être une autre fois... Ce serait agréable d'avoir le temps de causer...

Cher Albert qui savait si bien aller au-devant de son camarade ! Antoine eût aimé lui aussi « causer », réchauffer la mémoire, ressusciter les fantômes, échanger ces « tu te rappelles » qui fondent sous la langue en abolissant le temps et l'espace.

— Oui, dit Antoine, ce serait agréable.

Mais ils savaient l'un et l'autre combien est périlleux ce divertissement qui risque d'écraser sous la maladresse des mots les demi-tons et les demi-teintes des années révolues. Ils savaient qu'ils n'accepteraient pas de sang-froid cette confrontation où chacun redoute de ternir ou de mutiler les souvenirs de l'autre.

— Peut-être, dit Antoine, si je reviens... Mais je ne crois pas que les anciens copains y tiennent beaucoup, à part toi !

— N'y fais pas attention, dit Albert, tu sais comme les gens sont cons.

Ce n'était sans doute pas le mot juste mais quel mot convenait mieux ? En retraversant le cimetière pour arroser la tombe maternelle, Antoine s'efforça de mettre un nom sur le visage quasi unanime que lui offraient ses amis d'hier. Le trait dominant était la méfiance. Davantage que cette équivoque sur son rôle dans la Résistance, Antoine supportait le poids d'une méfiance fondamentale ; en quittant Saint-Sère, il avait changé de peau, d'âme et d'esprit. De quel droit voulait-il renouer des amarres qu'il avait lui-même larguées ? Qu'avait-il de commun avec ce bel homme lent et carré, ci-devant Raymond Paquerot, spécialiste du dénichage des pies dans les peupliers de la route de la gare ? Tous, tous les Henri Biller, les Pierre Greleau, les Robert Alotte, les Prosper Delrue étaient devenus ces messieurs endimanchés fidèles à des détails près, à ce qu'ils promettaient d'être. Dans leurs yeux, Antoine lisait son propre changement. C'était lui le transfuge et non pas Sébastien Vaudreuil, par exemple, ce rondelet pharmacien qui avait toujours été destiné à l'anémie graisseuse et à la pharmacie.

— Alors, Desvrières, quoi de neuf ? disaient les uns et les autres.

Comme si l'on pouvait répondre à ces questions-là !

— Pas grand-chose, et toi ?

— Tout est vieux, dur à cuire.

Derrière la familiarité des formules perçaient la gêne et la réticence. Antoine était un émigré et de certains exils on ne revient pas sur commande. Il s'avisa de la profondeur du malentendu par la constatation qu'en recherchant autour de lui des visages connus il visait trop bas de plusieurs années ; son premier mouvement était de regarder des jeunes gens et non pas ses semblables, comme si le village, par accord tacite, eût accepté de s'immobiliser pour présenter à Antoine la copie conforme de ses souvenirs.

Il passa devant le monument déserté par les jardiniers du dimanche. Le sable, fraîchement piétiné, tout autour, faisait à la stèle une auréole. Le coq perché sur la croix gammée et la pierre trop neuve miroitaient sous le soleil. Jean Rimbert 1921-1943... 1921-1943... 1921-19... Toi, Jean, tu ne changeras plus, tu resteras fidèle à mes images. Moi, je te trahirai par la force des choses. Me voici ton aîné, un jour j'aurai l'âge d'être ton père. Déjà j'entrevois l'homme de quarante ans qui m'attend au virage. Il s'appropriera tout ce que tu as connu de moi, tout ce que j'ai été. Il en fera mauvais usage. Il a le cheveu plus sec, le souffle plus court, le cœur moins vif, la peau plus terne, l'âme moins sûre que moi ; il n'aura pas l'emploi de cet héritage qu'il n'a pas mérité, il se débarrassera de ce qui l'encombre et je n'y pourrai rien. Je suis déjà son prisonnier. Puis viendront l'homme de cinquante ans, celui de soixante qui me feront mourir à petit feu. Ils m'enlèveront des dents, ils m'accrocheront des rides, ils m'imposeront des varices, des douleurs. Je hais ces vieillards qui me guettent pour m'investir et me mutiler. Heureux mortels, pauvres morts, heureux morts, pauvres mortels, qui peut savoir ? Toi, Jean, tu es pour toujours un jeune héros. Je te dis adieu. Je ne reviendrai plus ici, je n'ai rien à y faire. Il me reste sans doute beaucoup d'années pour penser à cette traction avant qui nous a séparés. Bien sûr, tu es mort pour la France, mais tu as été victime d'un accident de la circulation.

Antoine vit M. Desvrières qui lui faisait signe de se hâter.

CHAPITRE II

Ils s'arrêtèrent sur les bords de la Loire pour dîner. Le fleuve épuisé se traînait entre les bancs de sable, se perdait en bras morts bordés de saules et de peupliers. La lumière du soir poudrait de safran la houle des collines. Un orage couvait au loin, affolant les moustiques et chargeant le vent d'ouest de chaleurs suspectes.

Grenouilles sautées, brochet beurre blanc, canard à l'orange... M. Desvrières commandait toujours le même menu lorsque « les enfants » l'invitaient à dîner ; non qu'il fût gourmet ni même gourmand, mais pour le plaisir de raconter à ses collègues les largesses gastronomiques de son fils ; il ne cherchait aucune satisfaction d'amour-propre vulgaire, mais ces repas étaient une occasion de proclamer publiquement sa fierté de père comblé. Marie-Anne s'étonnait de cette soudaine goinfrerie ; Antoine, lui, savait que M. Desvrières, en forçant un appétit modeste, accomplissait un acte de tendresse paternelle.

— Ces Messieurs Dames dîneront dehors ? demanda le patron.

— Ma foi... ! dit M. Desvrières.

Cela aussi faisait partie du jeu ; son goût le portait à préférer la salle à manger mais le dîner dans le jardin —

il disait « dans les bosquets » — apportait une note d'exotisme propre à rehausser la couleur des futurs récits.

Depuis qu'Antoine et Marie-Anne vivaient à Paris, les réunions familiales se trouvaient séparées par de longs intervalles. Rien d'autre que son père n'attirait Antoine à Nantes et Marie-Anne n'éprouvait qu'amertume et déplaisir à revenir dans sa ville natale. Le bâtonnier de Hauteclaire avait été frappé successivement d'indignité nationale et d'apoplexie peu de temps après la Libération; contraint d'assurer sa propre défense devant ses pairs, il avait justifié en une plaidoirie hautaine et maladroite ses rapports trop courtois avec les autorités allemandes. La condamnation prononcée par le Comité d'Épuration — dix ans d'indignité nationale, radiation de l'Ordre des avocats, de la Légion d'honneur, etc. — le plongea dans une stupeur dont il ne sortit que les pieds devant. En tête d'une famille réduite au minimum et pleine de réprobation — le « nom » se trouvait éclaboussé — Marie-Anne et Antoine accompagnèrent au cimetière Miséricorde le pauvre grand homme foudroyé. Chacun s'accorda, pour des raisons diverses, à estimer que Marie-Anne affichait une douleur disproportionnée aux sentiments qui l'unissaient à son père vivant; nul n'ignorait chez les Hauteclaire que le père et la fille n'entretenaient pas les meilleurs rapports et que, notamment, le mariage de celle-ci avait fort déplu à celui-là; mais dans tout enterrement il y a autant de cadavres que de personnes à suivre le convoi car chacun porte en terre son propre mort, l'idée qu'il se fait du défunt. Marie-Anne, pour son propre compte, n'ensevelissait pas le gros homme pompeux dont le comportement et les théories la heurtaient si souvent mais le jeune avocat qui venait le soir l'embrasser dans sa chambre d'enfant, l'homme qui jouait avec elle sur les sables de La Baule, le complice qui l'aidait jadis à faire ses thèmes latins, un personnage en vérité mort depuis longtemps mais qui, à l'instant de refermer la pierre du tombeau, allait définitivement disparaître. Maire-Anne avait accueilli comme une faveur le projet d'établissement d'Antoine à Paris.

Paradoxalement, M. Desvrières ne souffrit pas de la séparation ; ses relations avec Antoine qui se dégradaient au contact des petites aspérités de la vie quotidienne s'améliorèrent par l'éloignement. Face à face, les deux hommes se parlaient peu par crainte d'élargir les fissures de leur intimité. A l'inverse, Antoine parti, chaque retour devint une fête où l'on avait tant à se dire que tous les instants se trouvaient remplis.

— Et ton travail, dit M. Desvrières, tu es toujours content ? Et que penses-tu de la situation ? Et qu'est-ce qu'on dit du gouvernement, à Paris ? Et ta nouvelle voiture ? Et quels sont vos projets pour l'été ? Et allez-vous trouver un appartement plus grand ?...

Les grenouilles et le brochet furent assaisonnés de ces questions hétéroclites par lesquelles M. Desvrières apaisait sa gourmandise paternelle. Antoine ne se fit pas prier pour parler du travail, de la situation, du gouvernement, de la voiture et des vacances, il connaissait la mécanique traditionnelle de ces réunions familiales et leur évolution. La boulimie affective de M. Desvrières se calmait en même temps que sa faim physique ; lorsqu'on servait le canard à l'orange, Antoine, à bout de confidences, savait qu'il pouvait passer la main.

— Et toi, papa, quoi de neuf ?

M. Desvrières, par coquetterie, affectait d'abord de n'avoir rien à dire.

— Oh! moi, tu sais, toujours le train-train... Que veux-tu qu'il m'arrive de neuf? Je n'ai pas grand-chose à te raconter.

Ceci dit, M. Desvrières, mis en verve par le muscadet — « eh, là, doucement, juste une goutte! » — intervenu trop brusquement dans un régime habituellement frugal, M. Desvrières s'emparait de la conversation avec cette avidité qui saisit les solitaires lorsque la possibilité leur est donnée d'entrer en contact avec autrui.

Accaparée par le petit Jean dont la fatigue s'exprimait en une nervosité maussade, Marie-Anne se faisait volontairement transparente pour laisser aux deux hommes la joie du tête-à-tête. L'affection attendrie qu'elle portait à son beau-père lui faisait supporter le verbiage du vieil homme qui profitait sans retenue de cette occasion rare d'être autre chose que le figurant muet de son époque. M. Desvrières ne parlait pas de lui mais il affirmait son existence en commentant des événements aussi peu personnels que la prochaine entrée en vigueur de l'allocation-logement ou le vote du double secteur de l'essence[1].

— Entre nous, ce double secteur est une comédie. Le parlement entérine une nouvelle solution provisoire et c'est la plus stupide, celle qui ne résout rien et mécontente tout le monde. Hormis, bien entendu, ceux qui voient se rouvrir la porte aux profits.

Antoine reconnut au passage les termes de l'éditorial

---

1. En juin 1949, la création du double secteur prévoyait que l'essence serait mise en vente libre à un prix rejoignant celui du marché noir, les titulaires de tickets de rationnement continuant à percevoir le carburant à un prix beaucoup plus bas.

de la *Résistance de l'Ouest* et approuva de confiance les commentaires paternels relatifs à l'essence, à l'Indochine, au plan Petsche et au 25ᵉ Congrès de la C.F.T.C.

— ... entre nous, l'unité d'action c'est bien joli, à condition de ne pas faire le jeu des communistes.

Jadis, de semblables propos eussent fait monter le ton de la discussion ; aujourd'hui, ses propres incertitudes inclinaient Antoine à la tolérance outre qu'il n'avait pas gardé un goût très vif pour la politique, au sens du moins que l'on attribuait à ce mot avant la guerre. Les discours de son père montraient à Antoine combien les garçons de sa génération et de sa sorte s'étaient éloignés de l'esthétique IIIᵉ République à laquelle Mr Desvrières et ses semblables restaient attachés. La guerre, la résistance, l'habitude de recevoir de Londres ou de Moscou des directives ou des secours avaient donné conscience, à Antoine et à ses camarades, de la dimension du monde. A l'inverse, M. Desvrières gardait la conviction que la solution des problèmes mondiaux était étroitement liée aux cabrioles électorales françaises dont il suivait les péripéties avec une attention vigilante ; il se mouvait à l'aise dans le scrutin uninominal, l'apparentement, la liste commune ou le désistement ; l'annonce d'un possible rapprochement entre les Paysans indépendants et les Indépendants Paysans lui semblait plus immédiatement importante que de confus événements internationaux.

— Tu aurais dû faire de la politique, dit Antoine, je te vois très bien député.

M. Desvrières se défendit mollement d'avoir jamais nourri de semblables ambitions, mais, tandis qu'il proclamait la modestie de ses aspirations, Antoine s'amusa de déchiffrer, comme en filigrane, l'existence d'un M. Desvrières virtuel, confiant en ses possibilités, sûr de sa valeur, extériorisant des qualités jusqu'alors anémiées par manque de grand air. On s'accoutume facilement à considérer que les autres sont ce qu'ils paraissent être, qu'ils sont prédestinés à leur sort de toute éternité. M. Desvrières lui-même eût affirmé de bonne foi que les hommes naissaient professeur obscur, ministre, roi ou berger.

— Tu comprends, dit-il, c'est une question de nature. Je ne suis pas fait pour être un homme public.

Antoine eût facilement trouvé dans l'actualité la plus immédiate de quoi démolir cette théorie. L'Europe était peuplée de rois déchus dans tous les sens du mot, qui, amputés du trône et de la couronne, devenaient soudain des hommes minuscules et médiocres dont le premier réflexe était de débiter leur vie privée en feuilleton dans les hebdomadaires du cœur. En revanche, la vie politique française montrait bien à quel point il suffit de devenir ministre pour acquérir des qualités ministérielles.

— Pourquoi me regardes-tu comme cela ? dit M. Desvrières.

Antoine rêvait à l'homme que son père aurait pu être. Il s'en était sans doute fallu d'une occasion, d'une chance bonne ou mauvaise, d'un de ces grains de sable dont Antoine soupçonnait l'existence au détour de chaque acte et qui remettent en jeu à chaque seconde les desseins les plus fermement arrêtés.

— Crois-moi, dit M. Desvrières, il faut connaître ses limites et savoir rester à sa place.

Antoine songea que tout le problème consistait précisément à connaître cette place.

Les premières gouttes d'eau de l'orage les chassèrent du jardin. Ils rentrèrent à Nantes sous un déluge étouffant.

— Il vaut mieux couper par la rue Jean-Rimbert, c'est plus court, dit M. Desvrières.

Marie-Anne guetta sur le visage d'Antoine le passage d'une émotion mais la pluie du dehors faisait danser trop de reflets pour qu'on pût lire un état d'âme dans la pénombre de la voiture. Il était convenu que le petit Jean restait chez son grand-père jusqu'à la fin du mois. Antoine et sa femme reprirent seuls la route de Paris. L'horloge de la cathédrale sonna onze heures au moment où la voiture passa devant la porte de l'embuscade. Antoine sembla ne pas s'aviser de la coïncidence. Beaucoup plus loin, sur la route d'Ancenis, il dit à Marie-Anne :

— Nous n'en avons jamais parlé mais j'ai la certitude que Jean t'aimait.

Déchirée par les phares, la nuit se refermait derrière eux ; ainsi les mots qu'ils échangeaient étaient-ils précédés et suivis de silence.

— Il jouait à merveille l'ami dévoué, le grand frère, mais je sais qu'il t'aimait. L'as-tu jamais soupçonné ?

— Je n'avais pas trop de mes deux yeux pour toi, dit Marie-Anne, je ne pouvais pas voir les autres.

— Si j'étais mort à sa place, un jour il t'aurait dit qu'il t'aimait.

Détestable Antoine qui parlait de l'amour des autres et d'avenirs imaginaires pour escamoter le présent ! Cela est bien dans sa manière pensa Marie-Anne ; si j'entre dans le jeu il va me parler de Jean, puis de moi et de Jean et lorsqu'il nous aura réunis, il se mettra sur la touche et me considérera de loin avec affection. Il adore m'imaginer heureuse avec un autre, c'est sa façon de s'évader.

— Tu n'es pas mort et je n'aurais jamais aimé Jean.

Marie-Anne voulait ainsi dire : tu me trouves pesante, tu cherches à rendre mon amour plus léger en le divisant en parcelles théoriques, ce que « j'aurais pu » donner à celui-ci ou à celui-là, c'est autant de moins que tu prends en charge. Parce que tu es devenu tiède, tous les moyens te sont bons de m'imaginer moins brûlante. Tu es un peu lâche, Antoine, tu ne veux pas me faire souffrir.

— Vous auriez parlé de moi, les soirs d'anniversaire... dit Antoine.

Et voilà, le tour est joué. Marie-Anne et Jean sont casés, deux cœurs dans la même pantoufle et saint Antoine, patron des objets perdus, volette au ciel de lit, tout heureux de n'être plus comptable d'une passion encombrante.

— Ma vie c'est toi, dit Marie-Anne.

Au-delà d'Angers ils eurent dépassé l'orage et la nuit fut plus claire. Marie-Anne chercha une position pour faire semblant de dormir.

— Tu m'éveilleras au Mans pour me passer le volant.

Souvent au cours des vacances on rencontre un garçon ou une fille dans un village de montagne, dans un petit port de pêche ; c'est le fils du maire ou la fille du mareyeur ; il skie comme un dieu, elle godille depuis qu'elle sait marcher, ils sont miraculeusement accordés au paysage. On les trouve beaux. On les aime. On promet de se revoir et quelques mois plus tard, les vacances finies, on voit débarquer chez soi un paysan ou une petite Bretonne à qui l'on n'a plus rien à dire. La guerre allait bien à Antoine. Marie-Anne a épousé un combattant ; lorsqu'il a déposé les armes, elle ne l'a plus reconnu.

La tête renversée sur le dossier du siège, Marie-Anne s'efforce de ne pas trop penser à l'avenir. La route est encore longue.

CHAPITRE III

Extrait conforme d'un jugement rendu contradictoirement par la 9ᵉ Chambre du tribunal civil de la Seine, le 11 janvier 1958.

« Entre Madame Marie-Anne-Nicole-Armelle de Hauteclaire, épouse de Monsieur Antoine-Charles-François Desvrières, demeurant à Paris VIIᵉ, 9 *bis*, quai Voltaire, demanderesse au principal comparant et concluant par maître Marcel Jarry, avoué, et plaidant par maître Viraut, avocat à la Cour, d'une part.

« Et Monsieur Antoine-Charles-François Desvrières, demeurant à Paris VIIᵉ, 9 *bis*, quai Voltaire, défendeur au principal, demandeur reconventionnel, comparant et concluant par maître Groslouis, avoué, et plaidant par maître Le Mée, avocat à la Cour, d'autre part.

« Le tribunal... par ces motifs : vu l'ordonnance de non-conciliation en date du 23 mars 1957, prononce le divorce d'entre les époux Desvrières, à la requête et au profit de chacun d'eux et à leurs torts et griefs réciproques avec toutes les conséquences de droit.

« Commet le président de la Chambre des Notaires du Département de la Seine, avec faculté de délégation, pour procéder à la liquidation des droits respectifs des parties. Confie à la mère la garde de l'enfant mineur avec droit de visite libre au père et partage par moitié des grandes et des petites vacances.

« Condamne Desvrières à verser à sa femme pour son enfant une pension alimentaire mensuelle... » Etc.

QUATRIÈME PARTIE

Je ne veux pas croire que Dieu joue aux billes avec l'Univers.

A. Einstein.

CHAPITRE I

La nuit, la pluie et la conversation tombant en même temps, tout le monde est allé se coucher. Genève à Pâques est au comble de sa grâce. Le printemps frappe à sa porte mais les douanes des Alpes et du Jura encore enneigés veillent à ce que la France n'exporte pas trop de parfums langoureux et de brises tendres vers la Suisse où les têtes tourneraient facilement. Le vent du sud notamment, le plus dangereusement chargé de lavande et de chair fraîche, est filtré par les postes-frontière d'Annemasse et du Salève qui le rafraîchissent de quelques degrés et retiennent au passage les essences trop frivoles.

— Il est dommage qu'il pleuve, M. Desvrières ne verra pas le coucher de soleil sur les montagnes.

Je suis ravi qu'il pleuve, au contraire, car cette pluie un peu trop froide va donner aux premières fleurs qui s'ouvrent au bord du lac l'allure frileuse et pudique qui est celle des petites Genevoises au printemps, pas trop ouvertes, bien lavées, si légèrement parfumées qu'il faut se pencher très près pour les respirer. J'aime Genève et non pas seulement parce que j'aime Ursula.

— Nous allons montrer sa chambre à M. Desvrières.

La mère d'Ursula ne me considère pas comme un gendre idéal ; quant à M. Zuber, il attend que sa femme se soit fait une opinion pour emboîter le pas. Un Français divorcé sent le soufre et la poudre de riz, deux odeurs qui offensent le nez d'un bourgeois calviniste. Ils ont du mal à concilier ces deux tares avec ma situation de fonctionnaire à l'U.N.E.S.C.O. qui équivaut à un brevet fédéral de bonne conduite dans cette ville férue d'internationalisme.

Je comprends fort bien qu'Ursula ait voulu présenter à ses parents son futur mari, mais cette sorte de cérémonie, lorsque les « fiancés » ont notre âge, débouche vite sur le grotesque.

— Ursula, tu retrouveras ta chambre telle que tu l'as laissée.

Je ne m'attendais évidemment pas à ce que Mme Zuber vînt nous border dans notre lit, mais Ursula et moi dormons ensemble depuis plus d'un an ; dans deux mois, cette situation de fait sera légalement ratifiée, aussi je supporte mal que la bienséance nous impose cet entracte. J'ai horreur de coucher seul. Pour Ursula, la chose va de soi, car elle considérerait comme une incongruité de dormir avec son amant sous le toit familial. Lorsqu'elle remet le pied en Suisse et singulièrement chez elle, l'éducation reprend le dessus et ressurgissent quelques réactions pasteurisées de sa nature profonde.

Ursula, mon petit ours, je m'ennuie dans cette vilaine chambre. Pourquoi tes parents ont-ils autant d'argent et si peu de goût ? Cette grande propriété pourrait être admirable avec ses pelouses bien peignées qui descendent vers le lac à pas mesurés. Quel congrès international d'architectes a conçu cet énorme fatras ? Qui a osé baptiser « Le Nid » cette façade normande, ce toit bourguignon, ces pergolas italiennes, ce jardin anglais, ces tourelles mauresques ? Qui a rassemblé ce mobilier qui hésite pathétiquement entre la Chinoiserie, le Chippendale et les pires errances du Modern' Style ? Quel malfaiteur a conçu les iris et les velours frappés de cette chambre où je me morfonds au milieu de proportions détestables et de couleurs vénéneuses ? (A l'heure qu'il est, j'imagine les deux femmes échangeant des confidences dont je suis le noyau. Pendant tout le temps du dîner, Ursula balançait entre deux sentiments contraires : le plaisir d'exhiber une conquête, la crainte d'une confrontation hasardeuse. Elle avait raison de craindre. Rien ne vaut un père ou une mère pour démanteler le piédestal sur lequel nous nous plaçons pour offrir notre bon profil aux personnes du sexe opposé. L'avantageux portrait d'une femme de trente ans qu'Ursula me présentait depuis le début de notre vie commune, s'est trouvé rudement débarbouillé en quelques heures de conversation mondaine ; je connaissais les goûts et les opinions d'Ursula, touchant la peinture abstraite, le manichéisme ou la musique sérielle, mais j'ignorais tout de ses particularités glandulaires ou intestinales. Là-dessus, M. et Mme Zuber m'ont amplement renseigné. Les parents, qui supportent mal de ne pas participer aux secrets d'alcôve de leurs enfants, trouvent sans doute une revanche à évoquer les premiers âges, qui leur appartiennent en propre. Ils n'adorent rien tant que de parler fièvre, vomissure, incontinences diverses. C'est comme s'ils disaient : « Vous la connaissez au lit mais nous l'avons vue sur le pot. »

Mon petit ours a subi crânement l'épreuve ; à peine son rire s'est-il fêlé au récit particulièrement circonstancié d'une appendicite « à chaud ».

« Elle a toujours été très délicate », a dit M. Zuber, sous-entendant qu'on allait remettre entre mes mains inexpertes un trésor à grand mal préservé des heurts de l'existence.

« Vous allez faire croire à Antoine qu'il épouse une malade, n'est-ce pas, mon chéri ? a dit Ursula. Ce « mon chéri », le seul de la soirée, était un appel au secours. J'ai dévoyé la conversation vers des époques contemporaines où Ursula ne risquait pas d'être résumée à des ganglions susceptibles ou à une flore intestinale insuffisante. Cela m'a valu un coup d'œil de complicité et, à l'heure de se dire bonsoir, un baiser public qu'on a semblé trouver fort audacieux.

Dieu, que cette chambre est laide ! Je sais que je vais mal dormir dans ce gîte solitaire. Les lampes de chevet exploitent au maximum les possibilités redoutables du cuivre repoussé. Leur lumière est réglée de telle sorte qu'on ne perd pas un détail des moulures du plafond mais qu'il serait malaisé de lire un livre imprimé un peu fin. Au reste, il n'y a pas de livres ici. On estime avoir assez fait pour le confort des hôtes avec deux serviettes et un peignoir de bain. Je ne vais pas me baigner toute la nuit, alors quoi ? Rêver ? Car que faire en un gîte ?... La seule distraction offerte à mes insomnies est, posé en évidence sur la table de nuit, un album de famille dont j'aurai vite épuisé les charmes. Au-dessus du lit, une gravure anglaise : *The Return from School*. Un petit niais déguisé en Lord Fauntleroy, les bras chargés de livres, court vers ses parents, plantés sur le perron d'un hideux cottage ; ses sœurs, deux pimbêches en robe rose, et un lévrier afghan, folâtrent à ses côtés dans un décor bocager. La nuit risque d'être longue !

Après le dîner, pendant que nous étions « entre

hommes », M. Zuber, remplissant à n'en pas douter une mission imposée par sa femme, a tenté de me tirer les vers du nez à propos de mon premier mariage. Que le divorce ait été prononcé à nos torts réciproques, que la garde de mon fils soit confiée à Marie-Anne, tout cela ne semble pas très reluisant à mon futur beau-père. Il eût accueilli avec soulagement une version des événements qui me fût plus flatteuse. Ses questions montraient assez qu'il ne demandait qu'à croire Marie-Anne dotée de tous les défauts de la création, quitte à expliquer le jugement de divorce par une attitude chevaleresque de ma part.

Je n'ai pu lui faire ce plaisir et je n'ai pas su expliquer les raisons de notre désunion. Les raisons ? Est-il explicable qu'un couple se dénoue ? Le recours aux refrains classiques (c'était une erreur... il — ou elle — a beaucoup changé...) n'est pas satisfaisant. Notre mariage n'a pas été une erreur et ni Marie-Anne ni moi n'avons changé dans notre nature profonde ; mais à un certain moment, l'addition Marie-Anne + Antoine a cessé d'être égale à un couple. Dans une mayonnaise réussie et dans une mayonnaise ratée, il y a toujours un jaune d'œuf et de l'huile ; dans un couple réussi, dans un couple raté, il y a toujours un homme et une femme ; chaque élément peut bien être excellent, mais il dépend d'impondérables que le mélange soit exquis ou détestable. Une mayonnaise est autre chose et plus qu'un jaune d'œuf et de l'huile : c'est une mayonnaise, une œuvre d'art, instable et menacée. Il ne faut jamais accuser l'œuf ou l'huile en cas d'échec. Au reste, il y a des couples et des mayonnaises qui partent bien et qui, sans raison, en un instant, tournent au désastre. On connaît des recettes de bonne femme pour les « ravoir » : une goutte d'eau fraîche, un voyage, une maîtresse, une noisette de moutarde... Ce sont des expédients hasardeux. Ursula fut mon remède de bonne femme, ma goutte d'eau fraîche et mon voyage, ma maîtresse bientôt. Mais pour Marie-Anne, le remède a été pire que le mal.

« Je t'aime, je t'aimerai toujours, je n'aimerai que toi. » Ce que me disait Marie-Anne ce soir-là, j'aurais pu le dire, j'en aurais mis ma main au feu. J'ai mis ma main au feu et puis voilà ! Si Ursula n'était pas sottement seule dans sa chambre de jeune fille, à l'heure qu'il est je la prendrais dans mes bras et je lui dirais :

« Je t'aime, je t'aimerai toujours, je n'aimerai que toi. »

Que je sois sincère, j'en mettrais ma main au feu. Comment le monde n'est-il pas peuplé de manchots ?

M. Zuber ne m'a pas suivi sur ce terrain. Il est malaisé d'entraîner dans l'irrationnel et le flou un homme qui est quelqu'un d'important dans un important trust d'assurances. L'assurance est précisément l'art de faire entrer la vie, la mort, le mariage, l'accident, l'eau ou le feu dans des barèmes précis où le hasard subit les lois du calcul des probabilités. Mes explications ont dû lui sembler fumeuses. Il s'est borné à me gratifier d'une homélie embarrassée d'où il ressortait que moi, qui n'avais que trop connu la vie, j'allais hériter d'une plante fragile, ignorante des turpitudes du monde.

« Car enfin, cher monsieur, le premier mariage de notre fille a été si bref... »

Là, j'ai trouvé que beau-papa forçait la note. Ursula n'a effectivement pas été mariée longtemps — trois mois si je me souviens bien — mais d'une manière propre à lui ouvrir les yeux sur un certain nombre de réalités. M. Zuber était excusable d'avoir jeté sa fille dans les bras du fils d'un gros banquier zurichois; le garçon avait du bien, de l'avenir, de la religion, un physique acceptable encore que bien grave pour son âge. Mais Ursula m'a raconté comment, au seuil de la nuit de noces, à peine dite la prière du soir et les draps entrouverts, l'austère jeune homme s'était révélé un diablotin lubrique dont l'innocente pensionnaire dut subir, nuit après nuit, les inventions inépuisables, minutieuses et patientes. Du moins les activités nocturnes du mari n'étaient-elles pas de nature à rendre enceinte Ursula qui, par la grâce d'un bienheureux accident de voiture, se retrouva bientôt libre, à peu près vierge et très riche. En rencontrant à cent à l'heure un camion de ciment sur la route de Vevey, la Daimler du mari fit une ravissante veuve dégoûtée des hommes, de Genève et de la religion réformée. Ces deux derniers points restent acquis. Le premier n'a pas résisté à l'examen. En travaillant à l'U.N.E.S.C.O. pour changer d'air et pour meubler les loisirs de son indépendance, Ursula n'a pas manqué d'occasions de réviser des jugements trop hâtifs sur la race masculine. A travers combien d'expériences est-elle parvenue à cette liberté d'esprit et de corps que j'aime? Nous sommes plutôt discrets sur nos vies antérieures. C'est une attitude prudente, car, à nos âges, on commence à être obligé de choisir entre avoir bonne mémoire et avoir bonne conscience; les deux ne sont compatibles qu'avec une forte dose d'insincérité. Mieux vaut choisir la bonne conscience, fût-ce au prix d'un peu d'oubli.

Pourquoi cet album de famille sur ma table de nuit? Ailleurs, on dirait « par hasard ». Mais j'ai le sentiment que dans la famille Zuber le hasard est réduit à la portion congrue. L'improvisation ne fait pas partie des traditions de la maison. Peut-être a-t-on cru trouver par le truchement de la photographie un moyen de rajeunir la présentation de la galerie des ancêtres à quoi je soupçonne mes futurs beaux-parents de tenir secrètement. M™e Zuber, à trois reprises, m'a précisé qu'elle était une Kreiss, de la branche Kreiss de Fribourg, avec une solennité où sonnaient des fanfares. Trois fois, j'ai mimé l'étonnement admiratif qui convenait à la révélation d'une ascendance aussi prestigieuse. Ursula m'a confié que ses parents en parlant de moi à leurs amis, disent « Desvrières » de manière à ce qu'on puisse comprendre « Des Vrières ». Telle est, sans doute, l'explication de l'album sur ma table. C'est peine perdue. Je ne me plongerai pas dans une généalogie dont seul m'importe le dernier rameau si blond, si tendre, si lointain ce soir et que j'ai grande envie d'arracher de son arbre pour l'emporter en un endroit où nous serions ensemble.

Ursula m'a demandé une fois :

— As-tu aimé Marie-Anne comme moi ?

Cent questions en une : autant que moi ? de la même façon que moi ? pour les mêmes raisons que moi ?... Je n'ai pas répondu. Il est probable que je n'ai pas aimé Marie-Anne et Ursula de la même façon puisque j'ai quitté l'une pour l'autre, mais dans cette algèbre les signes plus ou moins n'ont pas de sens. Lorsque j'ai rencontré Ursula, beaucoup de liens qui m'attachaient à Marie-Anne étaient usés par frottement mais certains autres tenaient bon.

Ursula m'a demandé une fois :

— Si tu ne m'avais pas rencontrée, aurais-tu quitté ta femme ?

Elle attendait que je dise oui pour s'empresser de ne

pas y croire. Il est communément admis que les hommes sont lâches en ce domaine, qu'ils attendent d'être contraints par les événements, qu'ils reculent au bord des dénouements. A l'inverse, les femmes aiment à se considérer comme inflexibles et courageuses, le scalpel au poing, prêtes à débrider les abcès sentimentaux.

Sans l'apparition d'Ursula sur le seuil de mon bureau — « le département Information me prie de vous demander le dossier concernant... » — sans son entrée dans ma vie — « je vous vois souvent déjeuner seule au restaurant du personnel » — je n'aurais pas quitté Marie-Anne, non pas tant par lâcheté que par désir de ne pas détruire cette construction qu'était mon foyer, un peu fragile, mais conservant encore une part de la chaleur passée. Je hais cette époque chirurgicale où il fallait trancher dans des sentiments à vif, faire table rase de la bonne volonté infinie et vaine de Marie-Anne.

— Qu'est-ce qui te manque ici ? Dis-le-moi, je suis sûre de pouvoir te le donner.

Elle pouvait presque tout, en effet, sauf être Ursula. Comment lui expliquer l'injustice radicale de cette limite et lui montrer que tout effort contribuait à creuser le fossé ?

Mais je n'aurais sans doute pas quitté Marie-Anne.

La nuit se traîne. Il y a des photos attendrissantes dans cet album qui, faute de mieux, aide le temps à passer. Il est organisé avec grand soin comme une collection de timbres, avec des dates, des noms et des lieux indiqués en marge. La calligraphie est celle d'une femme. Les premières images, guindées et précises,

123

montrent des personnages vêtus de neuf, la main ou le coude uniformément appuyés sur le dossier d'un siège, le visage sérieux, les yeux braqués sur l'objectif. La sépia confère à toutes les silhouettes un vague air de famille. Les enfants n'ont droit qu'à un petit médaillon, le plus souvent cerné d'or. L'album commence en 1902 par la photographie d'un poupon frisé, vêtu de dentelles, qui s'appelle Germaine Kreiss. Il va me falloir attendre trente ans, c'est-à-dire une dizaine de pages, pour rencontrer le poupon prénommé Ursula. J'ai la nuit devant moi et ce jeu-là en vaut un autre.

Ma montre est arrêtée. Depuis combien de temps? Je l'ignore et rien n'est pire, dans une nuit blanche, que de ne pas savoir l'heure. Une horloge assez loin, du côté du centre de la ville, ajoute à mon irritation; chaque fois que je l'entends sonner, c'est pour en recueillir une indication partielle plus insupportable que la complète ignorance; je sais qu'il est le quart ou la demie, mais de quoi? A l'instant où elle sonne l'heure, je pense à autre chose ou bien je somnole vaguement et le cycle infernal recommence : le quart, la demie, les trois quarts... les horloges des insomnies ne sonnent jamais l'heure.

*

Il y a des années que je suis dans cette chambre! D'abord, je m'y suis ennuyé. Puis j'ai plongé dans l'album et voici que je ne peux plus le quitter. Qu'il ait été placé sur ma table dans un but précis, que les notes marginales soient l'œuvre de la mère d'Ursula, j'en jurerais. Pourquoi? C'est ce qui reste à découvrir.

Les premières pages ne m'apprennent rien. Elles sont pleines de poses identiques et sans âme. Il faut attendre 1908 pour trouver les premiers instantanés encore un peu figés, trop contrastés ou pâlots, maladroits mais sincères, et la vie soudain palpite entre les feuillets de gros carton. Le photographe amateur avait la manie des groupes mais certains visages se détachent de la foule et s'imposent. J'en ai adopté deux : un garçon, Robert Moulin et une fille, Liz Kreiss. Celle-ci doit être la sœur du poupon de première page et celui-là un cousin ou un ami très proche car on le retrouve sur toutes les photos. Robert et Liz ne se quittent pas. Le 9 novembre 1909, à Châtelguyon, ils sont garçon et demoiselle d'honneur à un mariage. Ils ont une dizaine d'années. Lui est un blanc marin embarrassé de son béret rond, elle, une demoiselle très satisfaite de sa grande capeline, de ses bas blancs, de ses souliers vernis, de son étole d'hermine et de son aumônière. Ils sont ridicules et charmants. On les a photographiés sur les marches de l'église puis, après le déjeuner, dans un coin du parc. Ils n'ont plus de gants. Ils se donnent la main.

On les voit souvent dans une propriété qui s'appelle « Le Mesnil », avec d'autres enfants, mais toujours côte à côte. Le béret de marin ne permettait pas de voir que Robert est blond. Sur presque toutes les images, il regarde Liz. Elle semble sûre d'elle, exquise avec son visage aigu et les longs cheveux sombres nattés d'un seul côté. En 1912, ils ont un chien-loup. C'est Liz qui tient le chien en laisse ; le geste lui va bien : elle est faite pour tenir des rênes.

La page suivante est datée de 1915. Une seule photo l'occupe, un chef-d'œuvre. Robert et Liz sont au premier plan d'un jardin où l'on devine l'automne. Le format permet de lire les plus petits détails. Robert porte son premier costume d'homme. Il est planté droit devant l'objectif, les épaules soudain plus larges, la bouche plus ferme et je ne sais quoi d'orgueilleux dans l'allure. Liz est encore en jupe courte et chaussettes basses. Son regard posé sur Robert est tendre, humble, dirait-on. Elle considère avec surprise ce nouveau personnage si différent de l'ami d'hier ; ses bras pendent le long de sa robe, elle n'a pas osé lui prendre la main. Il a franchi seul les frontières de l'enfance, la laissant en arrière avec ses nattes, ses mollets ronds, ses gestes brusques. Ils ne sourient ni l'un ni l'autre. Lui regarde au loin cette terre nouvelle à laquelle il aborde. Elle entrouvre les lèvres en une expression timide que je lui vois pour la première fois. Il y a du reproche dans les yeux de Liz, une sorte de douleur confuse d'avoir été abandonnée dans sa condition de petite fille mais en même temps de l'admiration, de la crainte, un sentiment dont elle ne sait pas encore le nom. Le photographe ne s'est douté de rien en déclenchant son obturateur mais il a immobilisé une image miraculeuse : la naissance de l'amour.

1918 : Zermatt. A la porte d'un chalet, un groupe grotesquement tyrolien s'apprête à une randonnée. Robert et Liz sont séparés par des couples de sacs et de cordes mais il n'est pas besoin de les voir côte à côte pour deviner qu'au milieu de cette troupe bruyante ils seront seuls ensemble pendant toute la promenade, que Robert aidera Liz à sauter les ruisseaux, qu'elle lui préparera les tartines du pique-nique. Elle a dix-huit ans ; elle est belle. Il suffit de la regarder pour savoir qu'elle est heureuse.

Je soupçonne l'auteur de l'album d'avoir systématiquement groupé les images de Robert et de Liz. Qu'il en soit remercié. Ces deux vies qui se nouent, si bien faites l'une pour l'autre, ces corps qui s'épanouissent et qui s'appellent et ces mouvements du cœur inavoués que les photos racontent, tout cela donne à penser que le destin peut parfois être intelligent.

Je suis comme un enfant ; j'ai envie de sauter des pages pour arriver vite au dénouement. Je me moque de ces bals masqués, de ces garden-parties, de ces mariages... de ce mariage...

Ce mariage est monstrueux. 1920... Devant le perron d'honneur du « Nid » — la maison semble construite d'hier — une silhouette noyée dans les tulles blancs, un homme en habit, et derrière eux, un groupe satisfait en face de l'objectif... en marge deux lignes : 20 juillet 1920, mariage de Liz Kreiss et de Gérard Jotrand.

Pourquoi a-t-elle fait cela ? On voit mal son visage entouré de voiles. Au deuxième rang, Robert est debout, au bras d'une demoiselle trop grasse. Ses yeux sont fixes, sa bouche serrée. Gérard Jotrand tient le bras de sa femme... de sa femme... Mais pourquoi ? Un monsieur et une dame, les parents de Liz regardent leur gendre avec une satisfaction obscène. Cette comédie ressemble à un cauchemar.

L'horloge lointaine a profité de ma stupeur pour piquer des coups que je n'ai pas comptés. Trois heures ? Quatre heures ? Par quels détours, sous quelles pressions ce mariage a-t-il été conclu ? Quel est le visage de Liz derrière son voile ?

La page suivante est consacrée au voyage de noces. Venise, bien entendu, les lacs, les palaces, un grand cabriolet. Gérard Jotrand est riche mais je ne peux pas croire à cette explication. Sur toutes les photos, la jeune femme offre un visage lisse, illisible. Lui éclate de satisfaction, le poil noir, un bras toujours posé sur l'épaule de Liz. Elle ne le regarde jamais.

1922 : le premier enfant. 1923, un autre enfant. Gérard a grossi mais c'est un bel homme. Elle accepte cet homme allongé sur elle, ils font les gestes de l'amour, elle l'embrasse, il la caresse mais moi, je vois les yeux de Liz, je les connais depuis vingt ans. Les yeux de Liz sont vides.

1924 : une grande date. Gérard et Liz prennent le thé sur la terrasse de leur maison en compagnie d'un invité, Robert.
Il faudrait me couper les mains pour m'arracher cet album. 1924, 1925, 1926, toujours Robert, au second plan, mais si présent qu'on ne voit que lui. Il a vieilli comme savent rarement le faire les hommes blonds, avec les rides qu'il faut et pas trop de romantisme. Liz a retrouvé son visage de jadis. Août 1926 au Touquet : Liz, ses deux enfants et Robert font un château de sable. Gérard lit le journal, au second plan.

La photo suivante n'est pas datée : Robert à bord d'un voilier sur le lac. Tribord amures, le bateau gîte et Robert, la bouche ouverte sur un grand rire, donne de la barre. On ne voit personne d'autre sur le bateau mais il a bien fallu que quelqu'un soit là pour prendre la photo.

1927 : Liz tient dans ses bras son troisième enfant. Elle le regarde avec tant de douceur qu'on pense irrésistiblement à cet autre regard, il y a si longtemps, posé sur un garçon qui portait son premier pantalon d'homme ; le bébé semble plus blond que ses frères. Cela ne veut rien dire. Mais désormais sur les photos de la famille Jotrand, Robert n'apparaît plus jamais.

L'histoire est trop bien composée pour être l'œuvre du hasard. L'auteur de cet album savait ce qu'il faisait en assemblant les images. Avec intelligence et méchanceté, il a joué des rapprochements, des identités ou des contrastes. Comme dans Pirandello, l'essentiel de l'action se déroule pendant les entractes, dans les vides qui séparent les photographies. On ne voit que des tranches de vie, des biopsies séparées par des gouffres de temps. Entre deux regards, il y a parfois l'épaisseur de plusieurs années qu'on franchit en une seconde, à une vitesse supérieure à celle de la lumière. La mère d'Ursula — si c'est elle — a écrit avec des images une série de romans qui laissent le champ libre à l'imagination du lecteur. Le jeu est fascinant mais il fait peur. Ce diable boiteux qui a soulevé les toits et les masques de son petit univers familial a cruellement épinglé les personnages vivants qui sont dans cet album comme des papillons offerts à toutes les curiosités.

Il faut incroyablement peu de photographies pour résumer une vie. Voici Raphaël Zuber, dont le destin tient en deux pages. En 1913, c'est un jeune garçon à cheval sur un poney dans un parc. En 1917, devant la façade d'un grand pavillon de briques, en uniforme de collégien, les bras chargés de lauriers qui sont des livres, il sourit à ses triomphes universitaires. En 1921, il est soldat, il sourit encore. La même année ; dans un paysage de neige, il aide une jeune fille à fixer ses skis, il sourit toujours. C'est le même sourire sur la dernière photo, très agrandie, un peu floue. Il n'y a pas à s'y tromper, je sais que je ne reverrai plus Raphaël. Tous

129

les albums se ressemblent en ceci : lorsqu'on y voit une photo un peu trop grande, grisâtre pour avoir été tirée d'une petite épreuve d'amateur, cela est signe de mort. Raphaël a laissé cinq photographies pour toute trace de son passage sur la terre.

J'imagine très bien ce que Mme Zuber ferait de ma vie en 6 X 9. Saint-Stanislas, la Résistance, Marie-Anne, mon fils, Ursula, cinq photographies, comme Raphaël, suffiraient à raconter les péripéties remarquables de mon existence jusqu'à cette quarantaine dont on assure qu'elle me sied mieux que la jeunesse mais que je supporte mal parce qu'elle est l'âge des bilans et des remises en question. Je ne suis pas à l'aise sur cette cime où je me trouve perché à califourchon, en équilibre d'autant plus instable que je ne peux pas ignorer de quel côté je tomberai. Je n'ai pas besoin de photographies pour jalonner l'étendue du chemin parcouru, et, sur l'autre versant, je ne vois qu'Ursula ; mais lorsqu'on considère l'avenir, on est sujet à la myopie.

Mes idées sont passablement incohérentes. Cela tient à l'insomnie et à cet album qui me trouble. Je le crois chargé d'un message malveillant, froidement ironique, dont je n'ai déchiffré que l'apparence. Quel talent dans le raccourci ! Voici trois photographies sur la même page, trois paysages, ce qui est rare car ma future belle-mère — rendons-lui cette justice — méprise le pittoresque ; elle va droit à l'essentiel, aux visages et aux corps ; on chercherait en vain des images de l'Arc de triomphe ou du mont Blanc dans ces chroniques perfides dont chaque épisode a la brièveté d'un constat. Ce sont trois perspectives identiques d'une même maison, un long bâtiment de granit dont le style évoque la Bretagne. La grande écriture aiguë indique : La Chaumière 1910-1925-1947. On voit d'abord une ruine aux fenêtres béantes, au toit effondré à demi. La barrière qui, en avant de la façade, délimite une bande de jardin, se distingue à peine parmi les ronces et les herbes folles qui ont pris possession de l'épave. Derrière le viseur de l'appareil photographique, un œil s'est posé avec complaisance sur les murs démantelés. Il y a eu coup de foudre et, en 1925, La Chaumière est telle qu'on croit entendre les touristes de l'été, passant devant elle entre deux repas graisseux dans un hôtel à marmots, on croit entendre, on entend s'exclamer ces hordes transhumantes : « Regarde... Paulo, prends ton Kodak... Il y en a qui ont de la chance ! » Je suis dans le cas des badauds, j'ignore tout des habitants de La Chaumière, mais je sais au moins que la chance n'a rien à voir dans cette résurrection. Ce ne sont pas des entrepreneurs qui ont relevé les murs, posé ce chaume sur les toits et ces fleurs aux fenêtres, il n'a pas suffi de payer des ouvriers pour que les pierres reprennent forme. La Chaumière en 1925, est évidemment à la ressemblance de la vie qui l'habite ; il y a de la tendresse aux linteaux, de l'amour aux portes ; charpentiers, menuisiers, maçons, peintres, tous les corps de métier n'ont fait que participer à la matérialisation d'un rêve et c'est pourquoi l'on dit de ces maisons qu'elles ont du « charme », parce que chaque geste de chaque ouvrier qui les construit est le prolongement d'un mouvement sentimental.

Il n'y a pas de chaumière sans cœur et le cœur de celle-ci n'a pas battu longtemps. En 1947 les ronces et les herbes folles ont recouvert le jardin et les grilles, les peintures sont écaillées, les murs eux-mêmes, dont le granit peut résister aux cyclones, sont attaqués par la lèpre et le cancer des mousses, des lierres, de tous ces végétaux carnassiers qui mangent les pierres à petites bouchées patientes. Le chaume du toit montre des brèches ; ces maisons-là font eau comme un navire et, comme lui, chavirent, quille en l'air, bateaux fantômes de la terre des Sargasses.

L'album ne dit rien de l'autre naufrage, celui qui s'est accompli derrière la façade, toutes fenêtres closes et cœurs fermés. Quels orages et quelles pluies ont dégradé les âmes, quel mauvais vent les a fait couler à pic ? Il n'a fallu que trente-sept ans, à peine mon âge, pour parcourir ce cycle. Cela fait froid dans le dos.

Ces lectures ne conviennent pas à l'insomniaque ; il se dégage de ces lambeaux d'humanité une odeur funèbre ; ces marionnettes qui font trois petits tours et puis s'en vont m'enlèvent le peu de poids que j'ai sur la terre.

Voici enfin Ursula. Le jour de Pâques de l'an 1929, sur la pelouse du « Nid », cette larve indistincte, perdue dans les dentelles, ce toupet de cheveux au-dessus d'un visage froncé, ces yeux clos, cette bouche amère du premier âge, cela est la femme que j'aimerai trente ans plus tard. Je devrais sans doute m'attendrir mais rien ne me touche dans cette image ni dans les suivantes où Ursula se traîne à quatre pattes, puis debout, bras et jambes arqués, faisant ses premiers pas. Une vague répugnance m'éloigne des enfants ; leur malfaisance, leur odeur, leur voix, tout me déplaît. Je n'ai jamais pu participer à la joie de Marie-Anne manipulant notre fils avec une ardeur de louve ; cela nous séparait. A mesure que Jean grandissait, sa mère le sentait s'éloigner d'elle et je le voyais à l'inverse venir vers moi, me rejoindre. Il allait m'atteindre lorsque je suis parti.

A travers les photographies qui se suivent, Ursula

marche vers moi. A six ans — manteau et chapeau bleu de petite fille modèle — je commence à la reconnaître ; à dix ans, elle est le brouillon de ce qu'elle sera : déliée, vive, les membres longs et déjà cet éclat dans les yeux qui rient. On devait dire d'elle : elle sera très jolie. A seize ans, elle est très jolie, avec une vraie poitrine, une vraie taille, de vraies jambes ; elle tend les bras pour recevoir un ballon en un geste flexible que je lui connais bien ; elle est en maillot de bain sur une plage... sur une plage qui est La Baule.

Août 1945, villa La Paludière, La Baule... C'est à La Baule que j'ai embrassé Marie-Anne pour la première fois à la veille de la guerre. C'est à La Baule en août 1945 que nous avons passé nos premières vacances de jeunes mariés, au lendemain de la paix. Il y avait encore des barbelés sur la plage. Nous habitions la propriété de mon beau-père, à quelques centaines de mètres de La Paludière. J'ai dû croiser cent fois Ursula. Elle était encore une gamine, moi un homme : nous ne nous regardions pas. Est-ce que tout cela a un sens ?

Ursula au tennis, à cheval, en canoë, servant le thé dans le jardin de La Paludière... Je m'attends presque à me voir en profil perdu, dans la foule des seconds plans, peut-être avec Marie-Anne ! Ce serait bien dans la manière de Mme Zuber.

A quoi rime ce détour de dix ans qu'a fait ma voisine de La Paludière avant d'entrer dans mon bureau de l'U.N.E.S.C.O. ? Je suis au-dessus de cet album comme au bord d'un gouffre. J'ai l'impression vertigineuse que tous ces personnages sont des billes qui roulent aveuglément et s'entrechoquent au hasard de leur course. Où est la Providence dans ce mouvement incohérent ? La Providence a-t-elle voulu que Liz

133

épouse Gérard Jotrand au lieu de Robert, qu'une voiture de la Feldgendarmerie sauve un lieutenant allemand et condamne Jean à mort, que je frôle Ursula dans les rues de La Baule ? Dans ce cas, alors, oui, les voies de la Providence sont incompréhensibles.

En 1949, voici Ursula au bras de son mari. De ce document, on a, selon l'usage, extrait un visage très agrandi, celui de l'homme qui s'est écrasé contre un camion de ciment sur la route de Vevey. Il regarde droit devant lui avec une expression sérieuse et paisible, cet homme étrange dont Ursula m'a révélé quelques profils intimes si peu conformes à ses attitudes publiques.

La dernière photo de l'album est prise à la sauvette, rue du Havre, à Paris. C'est Ursula telle que je l'ai connue. Cet ensemble de soie sauvage, elle le portait lors de notre premier week-end clandestin en Sologne. Ce sourire de bonne santé, elle le portait lorsque je lui expliquais ma vie et mes problèmes, Marie-Anne et mon fils. En 1955, je ne songeais pas encore au divorce mais je savais déjà qu'entre Marie-Anne et moi, le fossé ne pouvait plus être comblé. Encore une fois, nous n'avions réellement changé ni l'un ni l'autre, mais autour de nous, rien n'était reconnaissable. Nous étions comme deux comédiens qui, ne s'étant pas aperçus qu'on a changé les décors, s'obstinent à dire un texte anachronique, dans les costumes d'une autre pièce. Elle avait aimé un héros ténébreux, retrouvé à de lointains intervalles dans la passion et dans l'angoisse ; elle était faite pour l'abnégation et pour l'épopée. « A Antoine, en attendant le jour où nous vivrons ensemble, dangereusement ! » Cette dédicace sur la page de garde du livre de Kessel était son bréviaire et, à la fin de la guerre, elle n'avait pas signé la paix, pas plus qu'elle n'acceptait l'armistice de notre jeunesse aventureuse. Dieu sait que l'héroïsme délibéré n'est pas mon climat. J'ai déserté. Je suis passé à l'ennemi, à Ursula, femme d'après-guerre, fille d'un pays où les grands bouleversements sont toujours de l'autre côté d'une montagne.

Cette fois, j'ai entendu l'horloge. Il est cinq heures du matin, l'heure de la confusion mentale. Je viens de m'aviser que l'album n'est pas terminé ; il reste l'essentiel : une page blanche. Demain, j'en suis sûr, Mme Zuber va nous mettre, Ursula et moi, sur la terrasse et *prendre une photo*. Et il y aura un nouveau visage, le mien, un nouveau papillon épinglé à la suite des autres. Et il restera *encore* des places vides. Et si je n'étais pas venu, si je n'apparaissais pas dans cette chronique, les vides seraient tout de même comblés avec d'autres noms et d'autres personnages qui feraient tout aussi bien l'affaire. Voilà sans doute ce qu'on a voulu me dire : que je suis un minuscule épisode dans une suite de chapitres interchangeables.

Si j'en avais le courage, je prendrais toutes ces photographies, je les battrais comme un jeu de cartes pour les redistribuer au hasard. Ce ne serait pas la même partie mais elle aurait autant de sens, les équipes changeraient et les partenaires, et les morts, il y aurait toujours cinquante-deux cartes, chacune étant invariable, dont la rencontre ne produirait pas le même score. Liz épouse l'homme qu'elle aime, je tue le lieutenant allemand, Raphaël Zuber ne meurt pas à vingt-cinq ans, Marie-Anne aime Jean, le mari d'Ursula évite le camion de ciment, tout le monde est semblable et rien n'est pareil. Et là-haut, la Providence compte les points.

Dans le silence de la nuit, il me semble entendre le

135

souffle calme d'Ursula endormie. Je glisse enfin dans l'engourdissement. Un rêve me guette aux frontières du sommeil. Je le fais souvent, il est toujours le même, obsédant et vague comme le message d'une vie antérieure. Je suis sur le point d'être détruit, écrasé, réduit à néant. Il me reste quelques secondes pour entrevoir une vérité capitale, quelque chose comme la révélation du sens de l'existence. Il faut que je trouve avant que la menace ne m'atteigne. Chaque fois que je suis au bord de saisir une idée cohérente, des phrases absurdes me traversent l'esprit ; je m'entends dire par exemple : « Il est dangereux d'avoir les mêmes goûts dans le mariage, surtout lorsqu'on sert du poulet ! » Ces pitreries me font venir des sueurs d'angoisse car les secondes passent vertigineusement qui me séparent de l'avalanche, de la foudre, de la masse confuse qui va m'anéantir. Rien d'autre ne compte que la vérité qui luit tout près, à portée de raisonnement. A l'instant précis où je vais la saisir, je glisse dans je ne sais quoi qui est la mort ou le sommeil.

Ou le sommeil...

CHAPITRE II

Pour peu qu'on ne soit pas tenu d'y soigner des ménisques vertébraux ou des spondylarthroses, Wiesbaden est un bon endroit pour promener un amour romantique. Antoine et Ursula n'auraient cependant pas choisi d'y passer leur voyage de noces mais ils ne regrettèrent pas qu'une mission de l'U.N.E.S.C.O. les eût conduits sous les colonnades du Kursaal à cette époque printanière où les forêts profondes du Taunus et les collines du Rhin font converger vers la ville-jardin des brises tièdes, pleines d'appels de cerfs et de soupirs de Lorelei.

Dans l'intervalle de mortelles séances de travail qui réunissaient sous les plafonds futuristes du Rhein-Main-Halle des délégations et des commissions également conscientes de leur inutilité, Antoine et Ursula s'en allaient poursuivre, à travers les parcs et les allées cavalières, des fantômes de grands, ducs et de prime donne. Puis ils regagnaient leur hôtel qu'ils avaient choisi un peu à l'écart, dans la silencieuse Paulinenstrasse, à cause de ses chambres solennelles et calmes et des salles de bains — « directement branchées sur les sources par canalisations spéciales » — dont l'antique machinerie évoquait le Nautilus.

Ursula savourait la nouveauté d'être appelée Mme Desvrières par le personnel de l'hôtel et singulièrement par le portier, un manchot plantureux, superbement à l'étroit dans son uniforme rouge et dans la bouche duquel ce nom de Desvrières devenait un burg hérissé de consonnes. Il s'était institué le conseiller touristique du couple et veillait à ce qu'aucune curiosité du lieu ne fût oubliée.

— Il est nécessaire de voir le jardin Reisinger, et le Staatstheater, et l'Opelbad, et ce n'est pas convenable que vous n'avez pas encore monté sur le Neroberg...

Antoine et Ursula soupèrent donc au sommet du Neroberg dans l'hôtel qui joue au nid d'aigle à cinq cents mètres au-dessus de la vallée. Ils mangèrent consciencieusement des poissons du Rhin et des escalopes de chevreuil à la confiture d'airelles, ils burent du vin piquant et des alcools de la Forêt Noire.

Le dépaysement et le tête-à-tête leur étaient doux après une cérémonie nuptiale dont ils n'avaient pu obtenir qu'elle fût discrète. Les Kreiss et les Zuber des quatre cantons, rameutés à Genève par les soins des parents d'Ursula, noyèrent Antoine et son père sous un flot de congratulations compassées. Un peu perdu dans une jaquette d'emprunt, M. Desvrières — on disait M. le Professeur — n'eut pas la possibilité d'échanger autre chose que des lieux communs avec la jeune femme qu'il s'efforçait de considérer comme sa fille sans que rien vînt fortifier cette pétition de principe. De son côté, Ursula s'empêtrait dans des « Monsieur » ou des « Père » également incongrus. Les deux jours de festivités furent sinistres. La nuit précédant le mariage, Antoine et Ursula connurent une fois encore la morne hypocrisie des chambres séparées. Au soir de la cérémonie, Mme Zuber les conduisit gravement dans

138

la chambre dite d'honneur, ce qui leur valut, à l'heure de la toilette, de stupides allées et venues pour récupérer les brosses à dents ou les limes à ongles oubliées dans les salles de bains de la veille.

En quittant Genève, M. Desvrières devait passer quelques jours à Paris, chez Marie-Anne. La transition lui semblait redoutable. Il n'était pas doué pour ces situations-là.

— Embrasse Jean pour moi, dit Antoine, j'irai le voir dès mon retour.

Le départ pour Wiesbaden eut une allure de fuite.

— Crois-tu que ton fils souffre de ton divorce ? dit Ursula.

C'est une de ces questions qu'on lance, comme par inadvertance, à l'heure de l'alcool de prunes, en espérant qu'elle se trouvera désamorcée d'être articulée à voix haute. En ce qui concerne Marie-Anne et elle, le combat s'est livré à armes égales et même, la première avait l'avantage du terrain. Et puis, on ne prend pas un homme à une femme, on n'en dispose que s'il est disponible, pour aller ailleurs il faut *au préalable* être sorti de chez soi, etc. Le cas de Jean pose d'autres problèmes de conscience à qui veut garder les mains propres. Jean n'assistait pas au mariage de Genève, il ne connaît pas encore Ursula et leurs premiers contacts risquent de manquer de spontanéité.

— Je voudrais tant qu'il ne me considère pas comme une ennemie...

Pour que la terrasse du Neroberg soit tout à fait exquise, pour que l'épaule d'Antoine soit tout à fait confortable, il faudrait que personne ne considère Ursula comme une ennemie, il faudrait éloigner les spectres de Marie-Anne et de Jean ou du moins les apprivoiser. Ursula soupçonne que le temps de l'innocence est révolu, que l'heure a sonné de s'éveiller adulte, d'oublier la merveilleuse irresponsabilité de la jeunesse et de savoir qu'on sera, quoi qu'on fasse, l'éléphant dans le magasin de porcelaine de quelqu'un. On peut bien retenir son souffle et marcher sur la pointe des pieds, chaque pas en avant modifie et dérange un équilibre ; fût-on une jolie Suissesse de trente ans persuadée que tout doit être pour le mieux dans le meilleur des mondes, on s'ouvre un chemin comme un bulldozer en laissant derrière soi un sillage désolant ; vivre sa vie, c'est toujours aliéner la vie des autres et, d'une multitude de dépossessions, faire son miel.

Lorsqu'on n'a pas l'habitude d'en user, la lucidité et l'alcool de prunes montent facilement à la tête. Ursula s'attendrit sur elle-même et soupira sur sa propre nocivité. Antoine la freina sur la pente de la délectation morose.

— Ne prends pas en charge les problèmes de Jean. Aujourd'hui il ne t'aime pas et il m'en veut de mon divorce parce qu'à son âge on est prompt à juger ; dans quelques années il aura perdu cette mauvaise habitude.

Antoine avait souvent songé à ce tribunal composé de sa femme et de son fils, en face duquel sa position était celle de l'accusé. Qu'avait-il à dire pour sa défense ?

— Je ne t'accuse pas, disait Marie-Anne, mais je voudrais comprendre.

Elle soupçonnait depuis longtemps l'existence d'Ursula lorsqu'elle sollicita d'Antoine une « explication franche » qu'il ne chercha pas à esquiver. Marie-Anne s'attendait à l'aveu d'une faiblesse qu'elle se préparait à excuser. Elle ouvrait déjà les bras pour l'absolution et, comme un ballon surprend un goal à contrepied, le mot de divorce l'atteignit dans cette position fausse. Antoine ne confessa pas une erreur, il affirma une résolution dont Marie-Anne sut aussitôt qu'elle était sans appel. Le premier mouvement fut de révolte.

— Tu n'avais pas le droit de t'éloigner sans faire de bruit pour me dire à présent : trop tard, je suis parti. La trahison, c'est de m'avoir masqué ta fuite. J'admets que tu me quittes, pas que tu t'esquives. Il fallait me prévenir, me mettre en garde...

La géographie de la trahison sentimentale comporte des reliefs et des dépressions encore inexplorés, on n'a jamais fini d'en dresser la carte mais il est constant que la victime souffre électivement, qu'elle isole de la totalité de son drame certains points douloureux, qu'enfin les circonstances, l'accidentel et l'anecdote prennent le pas sur l'essentiel. « Je t'aurais pardonné de faire ceci, mais pas comme cela. » Chacun gratte ainsi la zone vulnérable de sa sensibilité jusqu'à ce que se forme l'abcès de fixation qui sauve du désespoir total. Marie-Anne ne se confondit pas longuement en reproches, sa nature l'inclinait davantage à la lutte qu'aux lamentations. A corps perdu, elle se lança dans la recherche harassante des « pourquoi ».

Antoine ne la suivit pas dans cette voie sans issue. Leur faillite avait été consommée à l'instant même où il avait pu concevoir de quitter Marie-Anne; il avait clairement conscience que l'impossibilité fondamentale, quasi organique de penser à une séparation est pour un couple la véritable ancre de miséricorde et peut-être la seule.

Rien dans leur divorce ne fut vulgaire ou mesquin. Marie-Anne accepta sans comprendre.

— Il fait froid, dit Ursula, rentrons.

— Tu auras froid, dit Antoine, aussi souvent que tu penseras aux autres.

Ils regagnèrent à petite allure la vallée et l'hôtel, Ursula silencieuse et blottie contre le premier homme qu'elle avait le sentiment d'avoir conquis.

— Promets-moi une chose... dit-elle.

Le premier âge d'un couple est balisé de ces promesses, toujours les mêmes, par lesquelles on s'efforce de se placer au-dessus de la commune mesure : promets-moi de tout me dire, de ne jamais me ménager, promets-moi, promets-moi... Ce qu'on exige de ne pas ignorer est le plus souvent ce que, par-dessus tout, l'on redoute.

*

A l'hôtel, le portier leur fit un accueil particulièrement chaleureux parce que l'examen du passeport d'Antoine lui avait appris que son client préféré avait habité Nantes.

— Ah ! Monsieur Desvrières, Nantes... J'ai connu très bien, pour deux années. Rue Crébillon, place Graslin, café de France, La Cigale, formidable ! Madame aussi est née à Nantes ?

Les origines d'Ursula ne suscitèrent pas le même enthousiasme.

— Je ne connais pas la Suisse. Nous n'avons pas allé en Suisse pendant la guerre, c'était défendu pour la raison de la neutralité. Je regrette. Mais je connais beaucoup Nantes. Elle était mon poste, et Saint-Nazaire et Angers. Nantes est le mieux. Je suis très heureux de parler du bon temps. Compris ?

Il fallut accepter un verre de bière. Par mille détours d'une colossale finesse, le portier s'enquit de la présence, à la caisse d'un café de la place de la Bourse, d'une certaine dame prénommée Germaine, dont le souvenir ne l'avait pas quitté.

— Elle était une personne très parfait, très camarade. Je n'écris pas après la guerre à cause de la délicatesse, mais je veux donner des nouvelles.

Antoine promit de vérifier à l'occasion l'identité de la caissière et de transmettre les souvenirs attendris du portier.

— Je marque mon nom sur le papier. Helmut Eidemann. Compris ?

Ursula s'amusa de la coïncidence. Antoine lui remontra que si l'on estimait à quelques dizaines de mille le nombre des soldats allemands qui étaient passés par Nantes en quatre années d'occupation, il n'était pas excessivement surprenant d'en rencontrer un en visitant l'Allemagne.

*

Ils quittèrent Wiesbaden le lendemain, à la grande tristesse du portier, sans avoir pris le temps de descendre en barque le Rheingau — « c'est le plus romantische pour la promenade avec madame » — et en promettant de revenir un jour réparer cette omission.

En traversant les faubourgs de Metz, Antoine ne put éviter une vieille femme qui vint se jeter sous ses roues. Le choc fut imperceptible. On releva un corps frêle, apparemment sans blessure. D'un cabas, quelques provisions avaient roulé sur le pavé. Les dernières paroles de la vieille femme furent pour s'inquiéter des deux œufs qu'elle venait d'acheter. Ils étaient intacts.

Parmi les spectateurs friands de ces sortes de scènes,

des voisins de la victime expliquèrent que la pauvre vieille était complètement sourde, qu'elle n'avait plus toute sa tête et qu'un jour ou l'autre... « ça devait arriver mais tout de même c'est bien malheureux ».

Après avoir reconstitué l'accident, les gendarmes assurèrent Antoine que, sa responsabilité n'étant pas engagée, il n'aurait pas d'ennuis.

— Vous en serez quitte pour revenir quand le juge d'instruction vous convoquera. De Paris, c'est vite fait. Vous avez de la chance de ne pas habiter Marseille.

CHAPITRE III

Il ne servirait à rien de continuer. Au contraire, le moment est venu de regarder en arrière une dernière fois pour tenter de saisir ces fils épars, ces destins disparates. Leur lieu géométrique est cette porte cochère où le 11 septembre 1943, à Nantes, un garçon de vingt ans écoute les ténèbres. L'horloge de la cathédrale sonne le premier coup de onze heures. Rien n'est encore dit, tout reste possible, mais le hasard vient de se mettre en marche, un bandeau sur les yeux ; il avance avec sa démarche d'ivrogne et, dans le temps et dans l'espace, un grand nombre d'existences se trouve engagé. Chaque seconde est lourde de toutes ces vies qu'un seul geste va mettre en jeu. Il serait vain de vouloir infléchir le cours des choses. Il ne faut qu'essayer de comprendre.

Embusqué dans le creux de la porte cochère, Antoine écoute les bruits de la ville endormie. Avec son mouchoir, il essuie la crosse du Webley que la sueur fait glissante. Antoine a peur. La cathédrale sonne onze heures, un camion allemand roule sur les quais de l'Erdre. L'obscurité est peuplée de rumeurs lointaines. Antoine est persuadé d'être l'homme le plus solitaire de la terre et jamais pourtant il n'a été moins seul car le moindre de ses gestes entraîne d'incalculables conséquences. Toute une humanité qu'il ignore est solidaire de sa vie ou de sa mort.

Quelque part dans un étage élevé un poste de radio diffuse une valse. Antoine a peur. Il attend que se détache, sur le fond sonore de la nuit, le bruit qui le tient aux aguets, l'entrée du soliste dans le concerto, le bruit de bottes net et définitif qui naîtra de l'autre côté de la place Louis-XVI, en direction de la Kommandantur, contournera l'angle de la rue, se rapprochera jusqu'à cette porte cochère... Tout est prévu de ce qui est prévisible. Le reste dépend de ce hasard qu'Antoine appelait Providence lorsqu'il traduisait l'*Énéide* au collège Saint-Stanislas.

Sur la place Louis-XVI, devant la Kommandantur, le Feldgendarme Helmut Eidemann se bat avec le carburateur de sa traction avant. Il se redresse juste à temps pour claquer des talons devant ce lieutenant du Q. G. de l'O. B. West qui sort de la Kommandantur comme chaque soir à la même heure.

Le lieutenant Werner de Rompsay répond distraitement au salut du gendarme et commence à traverser la place Louis-XVI. Dès lors, les dimensions du temps se télescopent, le présent et l'avenir s'entremêlent, les secondes rebondissent par-dessus les années. Quoi que fassent Antoine Desvrières, Helmut Eidemann et Werner de Rompsay, ils déclencheront des ondes de choc qui s'élargiront à l'infini de l'espace humain concevable.

Sur sa table de salle à manger, M. Desvrières achève de corriger les devoirs de vacances de ses élèves. La visite d'Antoine l'a retardé. Il ne la regrette pas, bien sûr, mais on a doublé les effectifs dans les classes et quarante narrations sont longues à annoter. M. Des-

146

vrières est las de ce métier qu'il a embrassé comme un sacerdoce. Il lui faudra pourtant travailler jusqu'à ce que les forces lui manquent. Ses jeunes collègues se sont arrangés, ils ont créé des mutuelles, des caisses de retraite. Ils pourront s'arrêter à un âge décent. M. Desvrières, lui, appartient à cette génération qui en fait de retraite n'aura connu que celle de la Marne. Il écrit à l'encre rouge des indications machinales : « Bien observé... Et la concordance des temps ? ? ?... » Précisément la concordance des temps n'est plus de mise. M. Desvrières balance sans le savoir entre deux futurs. Lorsqu'il a dit il y a quelques heures à Antoine : « Je ne cherche pas à me mêler de tes affaires », il ne s'est pas douté à quel point cette discrétion est dérisoire et combien terriblement il se trouve mêlé à ces « affaires ».

Dans une baraque d'un aérodrome du Devonshire, des officiers aviateurs participent à un « briefing » sans importance particulière. Il y est question d'un bombardement massif des installations portuaires de Nantes qui doit intervenir cinq jours plus tard, le 16 septembre, si les conditions météorologiques sont bonnes. Elles le seront et le bombardement fera des milliers de morts. Cet épisode nous intéresse en ceci que l'une des bombes est destinée à pulvériser la table de salle à manger sur laquelle M. Desvrières corrige présentement des copies et que les éclats d'une autre bombe enlèveront le bras gauche du Feldgendarme Helmut Eidemann, lui évitant un transfert sur le front de l'Est et lui sauvant ainsi la vie. Lequel Feldgendarme vient de s'asseoir devant son volant, hésitant à actionner son démarreur avec la crainte d'entendre ces crachotements foireux que fait la voiture, régulièrement à l'heure de la patrouille. Helmut Eidemann en fait est la pièce maîtresse de ce puzzle, le dieu aveugle et sourd dont le geste noue la tragédie, pauvre dieu suant de panique à l'idée d'annoncer au Feldwebel Heiss, la pire peau de vache de toute la Wehrmacht, que la voiture est *encore* en panne.

Au bord du lac de Genève, Ursula Zuber dispose un chapeau de paille sur sa lampe de chevet pour en cacher la lumière. Ses parents n'admettent pas qu'à quatorze ans, on veille aussi tard, mais Ursula n'a pas sommeil. La paix nocturne de la grande maison n'est troublée que par l'excitation d'un rossignol. Ursula écrit à son amie Édith une lettre de vingt pages. Elles se voient tous les jours mais certaines choses s'écrivent mieux qu'elles ne se disent. Depuis hier, Ursula est une jeune fille. Elle connaît le sens et la portée de cette métamorphose, encore que sa mère n'ait fait aucun commentaire. Ursula, moins qu'une explication, attendait un conseil. Elle a reçu un linge adéquat et la recommandation de « ne pas s'inquiéter ». Elle ne s'inquiète pas car Édith qui l'a précédée de plusieurs mois, lui a dit tout de ce mystère et de ses prolongements.

« Je crois, écrit-elle, que c'est un des plus grands jours de ma vie. » Elle a raison de le croire, mais elle se trompe sur le fond du problème. L'important n'est pas que ce matin, en s'éveillant, elle ait vu du sang sur ses draps ; ce jour est l'un des plus grands de sa vie parce qu'à cet instant même où elle écrit à Édith, dans une ville lointaine, un garçon inconnu fait la guerre. On étonnerait fort Ursula en lui disant qu'elle est directement concernée par la lutte du réseau Cornouailles. En 1943, à Genève, une jeune fille de quatorze ans ne connaît de la guerre que les vêtements chauds et les paquets de tabac qu'on va porter le dimanche aux

148

Français internés qui ont passé clandestinement la frontière. Pourtant le sort d'Ursula est lié à cet épisode obscur de la Résistance qui va mettre face à face Antoine Desvrières et Werner de Rompsay. Dans une dizaine d'années, elle entrera dans un bureau de l'U.N.E.S.C.O. et elle dira : « Le Département Information me prie de vous demander le dossier concernant... » Qui sera en face d'elle pour lui répondre ? Cela dépend d'un geste qu'un Feldgendarme hésite encore à faire : actionner le démarreur d'une traction avant.

Le lieutenant de Rompsay traverse la place Louis-XVI. Il regrette d'avoir emporté ses dossiers, car sa serviette est lourde mais il n'aime pas laisser les documents importants traîner dans son bureau. Un état de guerre larvée règne entre les différents services de l'armée allemande empoisonnée par les excès du nazisme. D'un bureau à l'autre, on se tire sournoisement dans les jambes. Demain, Werner de Rompsay remettra à ses supérieurs un dossier complet sur le réseau Cornouailles. Il est satisfait de cette enquête menée avec méthode. Au vrai les résistants lui ont facilité le travail en commettant d'incroyables imprudences et le coup de filet eût pu être donné beaucoup plus tôt mais Werner voulait retourner la dernière carte cachée, un agent de liaison plus malin que les autres qui semblait se jouer des rafles, des barrages ou du couvre-feu et dont l'identité est restée longtemps mystérieuse. Werner sait aujourd'hui qu'il s'agit d'un certain Jean Rimbert, journaliste à *L'Ouest-Éclair*. Les transports d'armes et les liaisons étaient couverts par de très authentiques ausweis de la Propaganda Staffel, ce qui ne va pas manquer de valoir de sérieux ennuis aux officiers responsables. Ils n'y peuvent rien, les

149

pauvres ! En France, la Wehrmacht manœuvre sur un sol pourri. Comment imaginer que des mitraillettes parachutées voyagent dans les voitures d'un journal acquis à la cause de l'Europe nouvelle ?

Demain, par la voie hiérarchique, la Gestapo recevra le dossier et fera son travail mais c'est l'armée qui retirera le bénéfice moral de l'opération. Le réseau Cornouailles ne soupçonne pas la foudre qui le menace, du moins Werner en est-il persuadé. Il est excusable d'ignorer qu'une certaine femme de ménage, en vidant chaque matin les corbeilles à papier de la Kommandantur, épluche les brouillons et les feuilles déchirées. Le réseau Cornouailles ne connaît pas tout le dossier mais il en sait assez pour armer le bras d'un tueur. Si Werner pouvait déchiffrer l'avenir, il marcherait délibérément vers cette mort que lui prépare un jeune inconnu car cinq mois plus tard, s'il échappe à l'attentat, le lieutenant baron Werner de Rompsay, impliqué dans un complot anti-nazi, sera pendu par la mâchoire à un crochet de boucher et torturé pendant quarante-huit heures dans les caves de la Kommandantur.

De son poste de guet, Antoine a entendu le bruit de bottes, d'abord confondu dans les rumeurs nocturnes, s'imposer au premier plan sonore. Dès lors, l'univers se résume au rythme nonchalant de ces pas qui s'approchent.

Micheline guette un bruit de bottes dans l'escalier pour enlever aussitôt la serviette de cuisinière qu'elle a nouée par-dessus son déshabillé. Avant de rencontrer Werner, Micheline était une bonniche, un être qui passe directement de la cuisine au lit, du tablier à la chemise de nuit ; ce déshabillé est le signe visible de son affranchissement ; elle l'a choisi excessivement vaporeux et d'un vert redoutable, fermé des pieds à la tête par une conjonction de boutons pression, d'agrafes et de rubans parce qu'il est doux d'être longuement dévêtue lorsqu'on a passé sa vie à se faire trousser.

Micheline sait que son bonheur ne durera pas toujours, car la malchance prolongée rend lucide, mais elle estime que chaque jour qui passe est autant de gagné. Elle se trompe, comme il est d'usage lorsqu'on spécule sur les lendemains. Certes, si Werner, dans quelques instants, est tué, Micheline sera chassée de son appartement, chassée de Nantes mais elle ira se réfugier chez ses parents, dans le Nivernais, où l'on ignore sa conduite ; elle trouvera une nouvelle place et sans doute un nouvel amour, car sa condition sociale lui interdit le luxe des douleurs éternelles. A l'inverse, si Werner échappe à l'attentat, ils resteront ensemble jusqu'à la libération où Micheline sera tondue, maltraitée et emprisonnée. Pour elle aussi la route de l'avenir traverse la porte cochère au creux de laquelle Antoine, la bouche sèche et les nerfs durcis, arme le chien du Webley au-dessus de la première balle.

Pour tuer le temps, Micheline s'assied dans un fauteuil et ouvre un livre — *Sur champ d'azur*, par Jean Miroir [1] — comme fait au même instant le bâtonnier de Hauteclaire dans son hôtel particulier de la rue Monselet. Le bâtonnier de Hauteclaire ne peut pas dormir parce qu'il entend Marie-Anne qui marche dans sa chambre, se jette sur son lit et recommence à marcher, à faire couler l'eau dans son lavabo... Cette agitation est bien déplaisante mais le bâtonnier de

---

1. Feuilleton du *Phare de la Loire* en septembre 1943.

Hauteclaire ne regrette pas la fermeté dont il vient de faire preuve. Marie-Anne est rentrée tard, beaucoup trop tard, à la limite du couvre-feu.

— Ma chère petite, je ne veux pas jouer les barbons mais je déteste que ma fille traîne dans les rues à des heures pareilles. Les Allemands ont beau être corrects, un soldat reste un soldat.

M. de Hauteclaire a profité de l'occasion pour préciser le peu de cas qu'il fait du petit Desvrières auquel Marie-Anne porte un intérêt disproportionné à la position sociale... « de ce jeune homme qui, soit dit entre nous, ne me semble, ni par ses origines, ni par sa valeur personnelle, promis à un brillant avenir ».

Et voici que là-haut, dans sa chambre, Marie-Anne boude et passe ses nerfs sur le mobilier. L'éducation d'une fille est une tâche ingrate. Du moins, le père de famille ne doute-t-il pas d'avoir accompli son devoir en mettant un point final à l'épisode Antoine Desvrières. On le ferait rire en lui suggérant qu'il dépend de la vie ou de la mort d'un galopin négligeable que lui, bâtonnier de Hauteclaire, achève paisiblement une brillante carrière ou meure de chagrin, deux ans après avoir été radié de l'Ordre des avocats et de la Légion d'honneur pour indignité nationale. Tels sont cependant les deux termes de l'alternative que va poser le Feldgendarme Helmut Eidemann en tendant, tôt ou tard, une main mal assurée vers le démarreur de sa traction avant.

Hector Roussel, tailleur de pierres à Trente-moult-lès-Nantes, ronfle de bon cœur. Il vient de terminer un fort beau monument aux morts, commande du maire d'un petit patelin nommé Saint-Sère-la-Barre où Hector Roussel n'a jamais mis le pied. On peut le laisser à son sommeil d'artisan car il est le seul que nul avatar ne guette. Il a fait son ouvrage. Plus tard, il gravera un nom sur le socle du monument : Antoine Desvrières ou Jean Rimbert. Six lettres de plus ou de moins, pour un bon ouvrier, ce n'est pas une affaire.

Dans son bureau de *L'Ouest-Éclair*, Jean a entendu sonner onze heures. Depuis une semaine, il file le lieutenant Werner, il a compté ses pas, noté ses habitudes, dressé le plan des gestes à faire, au centimètre près. Il connaît les moindres détails physiques de l'embuscade et les visages des deux protagonistes qui, eux, ne se sont jamais vus. Cette connaissance le ronge, il ne peut se retenir d'imaginer la scène avec une insupportable précision. Dans quelques minutes, le téléphone sonnera et l'informateur du commissariat central signalera « un attentat rue du Roi-Albert ». Jean désapprouve cette opération qu'il trouve inutile. Il eût été plus efficace de faire éclater le réseau, d'arrêter les opérations, le temps de laisser passer l'alerte et de reconstituer une organisation moins vulnérable. Jean tremble pour Antoine et pourtant il ne sait pas que leurs vies sont en balance, l'une gageant inéluctablement la rançon de l'autre, qu'il n'y a pas de place pour les deux dans le drame sur lequel le rideau va se lever dans quelques secondes. Mais le problème ne se résume pas à cette option car chacun, en toute connaissance de cause, accepterait de mourir pour sauver son frère, l'âge et l'époque conviennent à ces sortes de gestes. On obtiendrait alors une tragédie, façon Corneille, sans arrière-pays, ni clair-obscur, avec deux héros dont un mort, la distribution idéale. Mais à Jean comme à Antoine, le hasard réserve des destins plus tortueux. A égale distance des deux se tient Marie-Anne qui a dit à Antoine, il y a moins d'une heure :

« Je t'aime, je t'aimerai toujours, je n'aimerai que toi. » Elle se trompe mais elle ne le découvrira que dans plusieurs années, ou bien au contraire cette contre-vérité ensoleillera ses souvenirs. Et Jean qui aime Marie-Anne sans l'avoir jamais dit, si le choix lui était laissé, se précipiterait délibérément au-devant de la mort, certain d'assurer le bonheur des deux autres, sans savoir qu'au contraire il consacrerait une erreur puisqu'à la fin du compte, c'est avec lui que Marie-Anne peut être heureuse. Aujourd'hui ou demain, Marie-Anne pleurera sur une séparation, mort ou divorce. Qui dira lesquelles de ces larmes seront les plus amères ?

Marie-Anne pleure dans sa chambre de la rue Monselet. Il y a quelques instants, lorsque son père lui a pompeusement reproché des rentrées tardives et de mauvaises fréquentations : « ... Je sais parfaitement qu'au fond, ta conduite est irréprochable... » elle s'est retenue de crier qu'elle est la maîtresse d'Antoine et qu'elle attend un enfant. Elle ne supporte plus qu'on la traite comme une petite fille car la dimension de ses soucis et de ses peines lui donne droit d'accès au monde des adultes. Mais Antoine refuse de la mêler à ses périls et M. de Hauteclaire contrôle l'heure de ses rentrées. Cette disproportion intolérable entre les réalités et les apparences la laisse sans forces pour porter ce double poids d'une angoisse et d'un secret également lourds. Par intervalles, les nausées la projettent vers le lavabo. Pour la seconde fois, au rez-de-chaussée, l'horloge normande a sonné onze heures. Cette nuit ne finira jamais. Marie-Anne sait que son propre sort se joue, elle ne se trompe que sur l'enjeu. A long terme, son bonheur est fonction de la mort d'Antoine.

Dans le tendre ventre encore plat, une larve se développe. Le hasard, dans moins d'une minute, va décider de son prénom.

Werner de Rompsay et Antoine Desvrières ne sont plus séparés que par une trentaine de pas. Antoine lève son arme et la tient braquée à la hauteur du cœur, dans un axe théorique qu'il suffira de corriger de quelques millimètres ; ses lèvres articulent silencieusement des nombres comme on en compte pour s'endormir, mais à rebours : vingt-neuf, vingt-huit, vingt-sept... Chaque seconde dure un siècle. Vingt-six, vingt-cinq, vingt-quatre... Helmut tend la main vers le démarreur. Dans la banlieue de Metz, la vieille femme qui se retourne dans son lit, souffre de mauvaises fermentations dans les oreilles. Dans dix-sept ans, elle traversera la route nationale pour aller au self-service où les légumes sont moins chers que chez l'épicier. Pour qu'elle arrive vivante de l'autre côté de la route, il faut que Werner et Antoine s'entre-tuent.

Dix-sept ans, dix-sept pas, seize, quinze... Une comptabilité monstrueuse s'élabore en deux colonnes classiques ; doit, avoir, actif, passif... Chaque chiffre modifié remet en question l'ensemble des comptes et le total n'est jamais définitif. Il faut qu'il existe une Providence car qui d'entre les hommes oserait donner le coup de pouce à la balance ? Qui oserait décider que le Feldgendarme Helmut Eidemann va, dans un sens ou dans l'autre, agir sur une poignée d'existences ?

A quoi bon continuer l'inventaire ? Qu'ils s'endorment enfin, tous ceux dont le réveil dépend des réflexes d'un brave imbécile, ils ont toute la vie pour subir sans le savoir les conséquences de cette nuit-là. Qu'ils s'endorment et qu'ils rêvent. Il est tard. L'avenir est long pour certains, révolu pour d'autres, c'est une question de secondes. Quelque part, au-delà des amas de nébuleuses, un comptable méticuleux aligne des chiffres : cinq, quatre, trois, deux, un...

Une histoire va commencer.

DU MÊME AUTEUR

Aux Éditions Denoël

LES FAUX FRÈRES
RUE DU HAVRE (*Prix Interallié 1957*)
L'IRONIE DU SORT
LES CHOSES DE LA VIE (*Prix des Libraires 1968*)
LE MAUVAIS TEMPS

*Impression B.C.I. à Saint-Amand (Cher),
le 10 mai 1995.
Dépôt légal : mai 1995.
1ᵉʳ dépôt légal dans la collection : octobre 1974.
Numéro d'imprimeur : 114-1/1248.*

ISBN 2-07-036536-0./Imprimé en France.
Précédemment publié par les Éditions Denoël.
ISBN 2-207-20393-X

68340